MEMOIRES

POUR SERVIR

A L'HISTOIRE

DES

HOMMES

ILLUSTRES.

TOME XX.

MEMOIRES
POUR SERVIR
A L'HISTOIRE
DES
HOMMES
ILLUSTRES
DANS LA REPUBLIQUE DES LETTRES.
AVEC
UN CATALOGUE RAISONNÉ
de leurs Ouvrages.
TOME XX.

A PARIS;
Chez BRIASSON, Libraire, ruë S. Jacques,
à la Science.

M. DCC. XXXII.
Avec Approbation & Privilege du Roy.

MEMOIRES
POUR SERVIR
A L'HISTOIRE
DES
HOMMES
ILLUSTRES
DANS LA RE'PUBLIQUE
des Lettres.

❧❧❧❧❧❧❧❧❧❧❧

CHANGEMENS , CORRECTIONS
& Additions.

Pour le Tome onziéme.

ANNIUS DE VITERBE.

P. 1. **I**L naquit vers l'an A. DE
1432. & c'est ainsi VITERBE.
qu'on l'a mis dans les
dernieres éditions de
Morery.

P. 4. J'ai une fort jolie édition des
Tome XX.   A

2

A. DE
VITERBE.

Hiſtoriens anciens de ce Moine , imprimée *in-16.* à *Lyon* chez *Jean Tem-
poral* en 1554. Le titre du premier
Volume eſt: *Beroſi Chaldæi Sacerdotis,
reliquorumque conſimilis argumenti Au-
torum de Antiquitate Italiæ ac totius
orbis , cum F. Joannis Annii Viterb.
Theologi commentatione & auxeſi ac
verborum rerumque mirabilium indice
pleniſſimo.* Ce premier volume contient les pieces ſuivantes.

1°. *Archilochi de Temporibus Epi-
tome. lib.* I.

2°. *Xenophontis de Æquivocis lib.* I.

3°. *Beroſi Babil. de Antiquitatibus
Italiæ ac totius orbis lib.* V.

4°. *Manethonis Ægyptii ſupple-
menta ad Beroſum lib.* I.

5°. *Metaſthenis Perſæ de judicio temporum & annalibus Perſarum lib.* I.
(Il n'y a jamais eu d'Auteur de ce
nom , *Annius* auroit du dire *Mega-
ſthenes.*)

6°. *Philonis Hebræi de temporibus
lib.* II.

7°. *Joannis Annii de primis temporibus & quatuor ac viginti Regibus
Hiſpaniæ & ejus antiquitate lib.* I.

8°. *Ejuſdem de antiquitate & rebus*

Etruriæ lib. 1.   A. DE

Les Commentaires d'*Annius* sont VITERBE.
à la suite de chaque chapitre de ces
pretendus anciens Auteurs.

Le second Volume à pour titre:
Berofi & aliorum ejus argumenti Auto-
rum de Chronologica prifcæ memoriæ
Hiftoria Tomus alter , cujus fcriptores
& confequentem eorum ordinem verfa
pagina indicabit. Ce Volume renferme.

1°. *Commentaria fuper Q. Fabium*
Pictorem de aureo fæculo & origine urbis
Romæ.

2°. *Commentaria in Myrfilum Lef-*
bium de origine Italiæ & Turrheniæ.

3°. *Commentaria fuper duodeviginti*
fragmenta M. Catonis de Originibus.

4°. *Comm. fuper Itinerarium Anto-*
nini Pii Cæfaris Augufti.

5°. *Comm. fuper C. Sempronium de*
Chorographia , five defcriptione Italiæ
& ejus Origine.

6°. *De Ethrufca fimul & Italica*
Chronographia.

7°. *Quæftiones quadraginta de Thu-*
fcia.

8°. *Commentaria in Vertumnianam*
Propertii.

Ces titres sont un peu plus suivis

A. DE & plus nets, que ceux que vous
VITERBE. avez donnés. Cette édition merite
une note. Les Caracteres de l'Imprimeur font très-beaux. (M. l'Abbé
Papillon.)

P. 11. *Sanfovino* n'eft pas le traducteur des Auteurs fuppofés par
Annius, comme je l'ai dit aprés les
Bibliothecaires des Dominicains.
Cette traduction eft de *Pierre Lauro*,
& *Sanfovino* n'a fait que la revoir, &
y faire quelques additions. *L'Anti-
chita di Berofo Caldeo, Mirfilio Lesbio,
Archiloco, Manetone, Megaftene, Q.
Fabio Pittore, è Caio Sempronio, tra-
dotte da Pietro Lauro. In Venetia
1550. in-4°.* It. *Da Francefco Sanfo-
vini accrefciute, dichiarate & con di-
verfe annotationi illuftrate. In Venetia
1583. in 4°.* Ce font deux éditions
citées par Haym dans fa *Notizia de'
Libri rari.*

P. 10. Ce que j'ai dit des Ouvrages compofés pour ou contre *Annius
de Viterbe,* demande quelque éclair-
ciffement.

Thomas Mazza n'eut pas plutôt
compofé une Apologie en faveur de
fon Confrere; que *Sparavieri* fit fur

elle quelques obſervations pour ſon uſage particulier, & ſans aucun deſſein de les rendre publiques. Il les montra cependant à quelques-uns de ſes amis, & *Macedo* en eut communication, ſous promeſſe de n'en faire aucun uſage. Cette promeſſe ne l'empecha pas neanmoins de les faire imprimer quelque temps aprés à *Verone* avec une reponſe, ſous ce titre : *Reſponſio ad Notas nobilis Critici Anonymi in Apologiam R. P. T. Thomæ Mazza. Verona. 1674. in 4°.* Il ne nomme pas *Sparavieri*, pour faire croire que les obſervations qu'il publioit venoient d'un autre. Pour la même raiſon il y changea beaucoup du choſes dans ce qu'il tenoit de lui; mais ces changemens n'empêcherent pas *Sparavieri* de reconnoître ſon infidelité; & il ſe vit par-là engagé à publier lui-même ſon ouvrage, avec une refutation de la reponſe de *Macedo.* Elle parut ſous ce titre : *Franciſci Sparavierii Caſtigationes ad Apologiam Thomæ Mazza pro Joanne Annio Viterbienſe vindicatæ & aſſertæ etiam adverſus reſponſiones ad eas Franciſci à S. Auguſtino Ma-*

A. DE *cedi*. 1676. *in-*4°. Le lieu n'est point
VITERBE. marqué, mais l'impression paroît être
d'Allemagne. Ce fut à cet ouvrage
que *Mazza* opposa sa *Parænesis*, imprimée en 1677. (*Amœnitates Litterariæ t. 9. p.* 764.)

Ajoutez aux ouvrages faits contre
Annius de Viterbe, le suivant.

*Casparis Varrerii Censura in quem-
dam Autorem, qui sub falsa inscriptione Berosi Chaldæi circumfertur. Roma.* 156 5. *in-*4°.

JEAN CAIUS.

J. CAIUS. *P.* 15. LA Reine *Elizabeth* étant
à *Cambrige* en 1564. fut
haranguée par l'Orateur de l'Université, qui entre autres choses lui dit
que cette Université étoit plus ancienne que celle d'*Oxford*. Cette
harangue fit beaucoup de bruit à
Oxford, & *Thomas Caius* Président
du Collège de l'Université de cette
ville, y opposa un Ecrit intitulé :
*Assertio Antiquitatis Oxoniensis Aca-
demiæ*; mais sans y mettre son nom.
Jean Caius se proposa de refuter cet

J. CAIUS.

écrit par celui qui eſt indiqué au N°. 9. ſous le nom de *Londinenſis Autor. Thomas Caius* ayant vu cette reponſe, y fit une replique ſous ce titre: *Animadverſiones aliquot in Londinenſis de Antiquitate Cantabrigienſis Academiæ libros duos*; mais il n'eut pas le temps de la publier, étant mort en 1572. Après avoir paſſé par pluſieurs mains, elle a été enfin remiſe à *Thomas Hearne*, qui l'a fait imprimer à *Oxford* en 1731. *in-8°.* avec quelques autres pieces.

Samuel Jebb a donné une nouvelle édition de quelques ouvrages de *Caius*, qui étoient devenus extremement rares. Ce ſont ceux que j'ai indiqués aux *N°.* 7. *&* 8, Cette édition a paru à *Londres* en 1728. *in-8°.*

HENRI DE SPONDE.

H. DE SPONDE.

P. 17. IL eſt certain que c'eſt au Cardinal *du Perron* que l'Egliſe doit la converſion de *Henri de Sponde*, avant même que ce Cardinal fût dans les Ordres ſacrés. *De Sponde* & *Jean de Salettes*, tous deux

A iiij

H. DE Bearnois, s'attacherent à M. *du Per-*
SPONDE. *ron* dans son premier voyage de *Ro-*
me, où ils lui rendirent de grands
services, pour le grand ouvrage de
la réunion de *Henri IV.* à l'Eglise
Catholique. Ce Prince ayant nommé
du Perron à l'Evêché d'*Evreux* en
1595. les deux premiers Canonicats
dont le nouveau Prelat fut maître
dans sa Cathedrale, furent donnés à
ces deux Savans avant l'année 1600.
Salettes fut nommé Evêque de *Lescar*
en 1609. & mourut en 1632. &
Sponde, comme on l'a vû, fut Evêque de *Pamiers* en 1726. & mourut
en 1643. *Evreux* ne fut, pour ainsi
dire, qu'un Cabinet d'étude pour ce
dernier; comme *Condé*, maison de
Campagne des Evêques d'*Evreux*,
le fut pour le Cardinal son Protec-
teur, jusqu'a ce qu'il fût nommé à
l'Archevêché de *Sens*. (*Mercure du*
mois d'Octobre 1730.)

JEAN CHEKE.

P. 31. L'Auteur de l'*Hiſtoire du So-* J.CHEKE. cinianiſme a traité *Cheke* de *Libertin de Profeſſion*; Mais M. de la Roche dans ſes *Memoires Litteraires de la Grande Bretagne* tom. 15. p. 277. a fait voir que l'Auteur lui a donné cette qualité ſans aucun fondement & même contre la verité.

N°. 1. D. *Joannis Chryſoſtomi Homiliæ duæ, nunc primum in lucem editæ, Græcè & Latinè, Interprete Joanne Chekæ, Cantabrigienſi. Londini* 1543. *in*-4°.

PIERRE PETIT.

P. 67. IL m'eſt tombé entre les P. PETIT. mains deux Brochures, dont il eſt neceſſaire de faire ici mention.

La premiere a pour titre : *Ad Petrum Petitum Pſeudo-Medico-Philoſophum brevis Allocutio. in*-4°. ſans date ni nom de lieu pp. 11. Cet écrit, qui eſt fort emporté, tend à defen-

P. Petit. dre Mr. *de la Chambre* contre ce que *Petit* en avoit dit dans son livre *de Extensione Animæ*, où il avoit attaqué *le Systeme de l'Ame* de cet Auteur. Il n'y a rien que de fort general. On y traite *Petit* avec le dernier mépris.

La seconde est intitulée: *Spongia spurcissimi & Anonymi cujusdam libelli qui sic inscribitur*: Libelli famosi in P. Petitum D. M. P. editi confutatio. *in-4°.* sans date ni nom de lieu, pp. 16. On y paroît douter, si la Refutation de l'Ecrit precedent, laquelle m'est inconnue, est de *Petit*, ou d'un de ses amis, & on y revient à la charge contre lui avec la même violence que dans la premiere Brochure; on y lit cette particularité, que je rapporterai dans les propres termes de l'Auteur.

Oportet gnaviter te impudentem esse, qui me calumniatorem vocas, quod scripserim te ab erudito nostro Collega Magistro N. Baralis, Doctore Medico Parisiensi, cui tum Examinatoris provincia à Facultate fuerat demandata, de ea Medicinæ scientiæ parte, quam Physiologiam vocant, interroga-

tum, indocte, barbare, misere & per- P. PETIT.
turbate respondisse & ab incœpto exa-
mine tandem destitisse. . . . Quod vidi-
mus narrabo.   Anno 1660. circa
mediam quadragesimam, appetente
biennio, quo solent Candidati ad Bac-
calaureatum simul promoveri, Petitus
se cum aliis pluribus pro more stitit in
superioribus Scholis coram quatuor Doc-
toribus Examinatoribus cum Decano,
durum & severum quatridui Examen
subiturus. Primo die Candidati de rebus
naturalibus interrogati respondent; se-
cundo de rebus non-naturalibus; tertio
de rebus contra naturam; quarto deni-
que datum Hippocratis Aphorismum
exponunt. Quo feliciter peracto commu-
nibus Doctorum suffragiis Baccalaurei
renuntiantur. Petitus ergo, quem magna
fama præcesserat, inventus est vir sui
nominis. Interrogatus enim super his
quæ ad primam & secundam coctionem
pertinent, obmutuit. Non defuere,
qui silentium illud terrori, quem vene-
rabilis illa Schola illius animo injece-
rat, acceptum referrent, ac melius de
eo sperarent secundo Examine, ubi
factus esset sui compos; sed secus res se
habuit. Nam postridie Doctori de rebus

P. PETIT. *non-naturalibus , ut mos eſt , eum per-*
contanti tam male ſatisfecit , ut propriæ
imbecillitatis conſcientia deterritus ,
reliqua duo Examina ſuſtinere non au-
ſus fuerit: ſi tamen Facultas Baccalau-
reatus gradum illi conceſſit , ſciat Fa-
cultatis bonitati hunc ſe debere , & ſuis
lacrymis.

Quand ce fait ſeroit veritable , il
ne prejudicieroit point au merite
de *Petit* , puis qu'il ne ſeroit pas le
ſeul homme de ſcience & d'erudition , à qui une confuſion ſembla-
ble ſeroit arrivée.

P. 70. Le veritable titre du livre
marqué au *Nº. 9.* eſt le ſuivant.
Marini Stabilei Tragurienſis J. C. Re-
ſponſio ad Jo. Chriſtoph. Wagenſelii ,
& Hadriani Valeſii Diſſertationes de
Tragurienſi Petronii fragmento.

P. 72. *Nº. 14. Thea, ſive de Sinenſi*
herba Thee Carmen, ad Petrum Danie-
lem Huetium , cui adjectæ Joannis-Ni-
colai Pechlini de eadem herba Epigra-
phæ & Deſcriptiones aliæ. Lypſiæ 1685.
in-4º.

Ajoutez à ſes Ouvrages.

In Frontonis Obitum Elegia. Inſerée à la p. 109. de *Joannis Frontonis*

Memoria &c. Paris 1663. *in*-4°.
Explicatio Gelliani Problematis ,
five de Continentia Alexandri Magni
& Scipionis & Aricani Dialogus. Paris
1668. *in*-12.

MATTHIEU PALMIERI.

P. 82. L'Edition de fa Chronique M. PAL-
faite à *Paris* en 1518. n'eft MIERI.
pas *in*-8°. mais *in*-4°. Je l'ai en cette
forme. (M. l'Abbé *Goujet.*)

La Chronique de *Matthieu Pal-*
mieri eft imprimée à la fuite d'*Eufe-*
be de Cefarée , à *Bafle* chez *Henric-*
Petri en 1559. *in fol.* Elle commence
où finit la Chronique de *S. Profper*
en 449. & va jufqu'en 1449. Elle
eft fuivie de *Matthias Palmieri* depuis
1450. jufqu'en 1481. Aprés laquelle
on trouve : *Eruditi cujufdam tempo-*
rum continuatio cum additione. Depuis
1482. jufqu'en 1512. *Nova temporum*
continuatio Germani cujufdam. Elle
commence en 1526. & finit en 1559.
Marc Hopperus , qui a donné cette
édition , peut-être l'Auteur de cette
derniere continuation. (M. l'Abbé
Papillon.)

M. Pal- L'Addition de cette édition de
Mieri. *Basle*, depuis l'an 1482. jusqu'en
1512. se trouve aussi dans l'édition
faite à *Paris* en 1518. *in-*4°. (M.
Goujet.) Elle est de *Jean Multivall*
de Tournay ; Car *Maittaire* nous cite
dans les *Annales Typographici* l'Edition suivante : *Eusebii Cæsariensis*
Episcopi Chroniton, Hieronymo Pres-
bytero Interprete, cum Prosperi, Mat-
thæi Palmerii Florentini, & Joannis
Multivallis Tornacensis additionibus.
Paris. Henr. Steph. 1512. *in-*4°.

MATTHIAS PALMIERI.

M. Pal- *P.* 90. LA Version d'*Aristée* par
Mieri. *Palmieri* a paru avec un
Commentaire de *Jaques Middendor-*
pius à *Cologne* en 1578. *in-*8°. Avec
les Commentaires d'*Olympiodore* &
de *S. Gregoire de Neocesarée* sur l'Ec-
clesiaste, à *Basle* en 1536. *in-*8°. dans
les Bibliotheques des Peres, & dans
un Recueil donné par *Henri Etienne*
sous ce titre : *Contenta in hoc Opus-*
culo : Vetus editio Ecclesiasta : Olym-
piodorus in Ecclesiasten inserta nova

*tralatione, interprete Zenobio Accia-
jolo Florentino; Aristeas de 72 legis
Hebraicæ interpretatione, interprete
Matthia Palmerio Vicentino. Paris.
1511. in-4°.* Cette qualité de Vicen-
tin donnée dans cette édition à *Palmieri* a trompé non seulement *Jean
Albert Fabricius*, mais encore M. de
la Monnoye, qui dans ses notes sur
les Jugemens des Savans de *Baillet*
tom. 3. p. 16. distingue le *Palmieri*
traducteur d'*Aristée*, du Continua-
teur de la Chronique de *Mathieu
Palmieri*, sous pretexte que l'un étoit
de *Vicence* & l'autre de *Pise*. Mais
outre qu'aucun Auteur ne parle d'un
Matthias Palmieri natif de *Vicence*,
il est seur que le traducteur d'*Aristée* étoit de *Pise*. Si Mr. de *la Monnoye* avoit vu la premiere édition de
la version d'*Aristée*, il n'auroit formé
aucun doute là-dessus. Car dans cette
édition, qui est de l'an 1471, comme je l'ai dit, après l'Epitre dedicatoire adressée au Pape *Paul II.* on
lit ces mots. *Aristeas ad Philocratem
fratrem per Matthiam Palmerium Pi-
sanum è Græco in Latinum conversus.*

FRANÇOIS DE BELLEFOREST.

F. DE P. 96. **B**ELLEFOREST a gasté
BELLEFO- *N°*. 12. les Histoires de *Bandel* en
REST.   les traduisant, par les additions &
les changemens qu'il y a faits. C'est
pour cela que ces Histoires, qui dans
l'Original Italien sont jolies & agrea-
bles, n'ont dans la traduction Françoise rien que d'ennuyeux & de
degoûtant.

P. 100. *N°*. 26. Les Lettres de
Ruscelli sont en trois volumes dans
l'Italien, & ont été imprimées plusieurs fois; la meilleure édition est
de 1581. *Marc Bruni* en a donné à
Venise *un*-4e. tome, qui est très rare.
Belleforest n'a traduit que le premier
volume, & il a eu raison; car le
2e. & le 3e. ne contiennent presque
autre chose que des Morceaux de
Gazette peu interessans.

P. 103. *N°*. 37. *Pierre Boaistuau*
avoit donné en 1566, un volume
d'*Histoires Prodigieuses* &c. imprimée
à *Paris* chez *Norment* in-8°. *fig.*

P. 107. *N°*. 51. *Les Epitres fami-*

lieres de Ciceron traduites en François   F. DE
par Etienne Dolet & François de Bel- BELLEFO-
leforest. Lyon 1569. in-12. Comme REST.
Dolet n'a traduit que les Epitres qui
font de *Ciceron*, *Belleforest* y a joint
une traduction des autres.

Son Article eft tiré de la *Bibliotheque Hiftorique de la France du P.
le Long.*

FRANÇOIS HOTMAN.

P. 126. **M**Atarel & *Papyre Maf-* F. HOT-
fon ne font pas les MAN.
feuls qui ayent écrit contre la *Franco-
Gallia*; On a encore une autre re-
ponfe à ce livre, qui à pour titre:
*Patri Turrelli, Campani, & in fupremo
Galliarum Senatu Advocati contra
Othomanni Franco - Galliam libellus.*
Paris. De Roigny. 1576. in-8°. (M.
l'Abbé *Papillon*.)

P. 132. Vous dites que le *Strigilis*
eft dans la *Franco-Gallia* de l'Edition de 1576. J'ai cette Edition, où
ce *Strigilis* n'eft point, & on ne l'a
jamais imprimée avec la *Franco-
Gallia*. (*Id.*)

Tome XX.   B

PIERRE LE BRUN.

P. 139.
N°. 1.
EN 1689. le Cardinal *le
Camus*, Evêque de *Grenoble* consulta le *P. le Brun*, qui étoit
alors en cette ville, sur l'usage pratiqué en Dauphiné de trouver de l'eau,
des Metaux, de Mineraux, les bornes des Champs, les larcins, les
voleurs &c. en tenant entre les mains
une baguette fourchue, qui tournoit
sur toutes ces choses. Le *P. le Brun*
après avoir examiné ces faits avec
soin, écrivit au *P. Malebranche*, &
le pria de lui dire son sentiment.
Celui-ci supposant la verité des faits,
declara que ces pratiques étoient ou
l'ouvrage de la fourberie des pretendus Devins, ou de la Malice du
Demon. Système dont le *P. le Brun*
fut satisfait, & qu'il suivit depuis,
lors que l'Avanture de *Jacques Aymar*, qui en 1692. decouvrit par le
tournoyement de sa baguette des
voleurs & des meurtriers, vint exercer la sagacité des Physiciens; car
pendant que MM. *Regis*, *Garnier*,

Chauvin, Panthot, & *Vallemont* pre-
tendoient qu'il n'y avoit rien que de
naturel en tout cela, & qu'on ne
pût expliquer à la faveur des cor-
puscules, le *P. le Brun* s'attachant au
sentiment du *P. Malebranche,* sou-
tint dans ses *Lettres qui decouvrent
l'illusion des Philosophes sur la Baguette,* que le tournoiement de la
baguette n'est point produit par les
loix de la communication du mou-
vement, & qu'il est l'effet de la fourberie des hommes, ou de la malice
du Demon. Alternative, dans laquelle il paroît porté à croire qu'il
faut l'attribuer au Demon.

  M. *Commiers,* surnommé *l'Aveu-
gle d'Ambrun,* dont on avoit imprimé dans le Mercure de Mars
1693. une lettre pour justifier l'usage de la Baguette, se croyant attaqué dans les *Lettres du P. le Brun,*
qui parurent peu de temps aprés,
fit inserer dans le Mercure de May
de la même année, une autre lettre
très-vive contre le *P. le Brun,* qui
publia dans le Mercure suivant une
réponse egalement solide & polie.
Elle a été re imprimée avec les *Let-*

P. LE*tres qui decouvrent l'Illusion* &c. dans
BRUN. le 3ᵉ. vol. de l'*Histoire Critique des
Pratiques superstitieuses* de l'edition de
1732. Pour calmer la colere de M.
Comiers, le *P. le Brun* fit ajouter à
la fin du même Mercure une espece
de desaveu de quelques termes dont
ce Critique & M. l'Abbé de *Vallemont* avoient pu être blessés. Mais
cet excès de politesse n'appaisa point
M. *Comiers*; & l'on vit paroître dans
le Mercure de Mois d'Août 1693.
une replique, où les injures tien-
nent lieu de raisonnement.

   Un Auteur anonyme s'est avisé
depuis de faire imprimer une lettre
contre les Ouvrages du *P. le Brun*
dans le Mercure d'Octobre 1731. &
de le decrier comme un pitoyable
Physicien. Cet écrit revolté un ami
du *P. le Brun*, qui sous le nom d'un
Conseiller au Parlement de *Grenoble*
a poussé vivement ce critique, & l'a
convaincu de n'avoir jamais lu les
livres dont il parle. On peut voir
cette reponse dans le tome 3ᵉ. du
Nouvelliste du Parnasse p. 121.

   P. 140. *N*°. 2. Le succés de son
Discours sur la Comedie l'engagea à

ramaffer dans le cours de fes études P. LE
de quoi l'augmenter & le rendre BRUN.
plus parfait, & il a paru avec ces
augmentations par les foins de M.
l'Abbé *Granet* fous ce titre : *Difcours
fur la Comedie, ou Traité Hiftorique &
Dogmatique des Jeux de Theatre, &
des autres divertiffemens comiques fouf-
ferts ou condamnés depuis le premier
fiecle de l'Eglife, jufqu'à prefent; avec
un Difcours fur les pieces de Theatre
tirées de l'Ecriture Sainte. 2ᵉ. Edition,
augmentée de plus de la moitié. Paris*
1731. *in-*12. Il n'avoit point encore
paru en notre langue aucun traité
où l'on trouve tant de chofes curieufes en ce genre.

*Ib. No. 3°. Effai de la Concor-
dance des temps, avec des Tables pour
la Concordance des Eres & des Epoques, dans lequel on peut voir d'un
coup d'œil par le moyen des Colomnes,
l'accord ou la difference des Epoques.
Paris* 1700. *in-*4°. Cet Effai fut fort
applaudi : mais la foibleffe de la vue
du *P. le Brun* ne lui permit pas
d'achever l'ouvrage, qu'il y avoit
projetté.

Ib. Nº. 4. M. l'Abbé *Granet* a

P. LE publié une *seconde Edition augmentée*
BRUN. de l'*Histoire Critique des Pratiques*
superstitieuses &c. à Paris 1732. *in-*12.
3 *vol.* Le *P. le Brun* après avoir discu-
té en Philosophe dans quelques
lettres, les differens systêmes sur la
Baguette, a donné dans son *Histoire*
Critique &c. tout ce qu'il y a d'histo-
rique sur cette matiere; & pour rem-
plir le titre de son livre, il s'est
étendu sur de celebres superstitions
qui ont embarassé les Savans. Ainsi
c'est une erreur de croire que cet
Ouvrage est une seconde Edition des
Lettres qui decouvrent l'Illusion des
Philosophes sur la Baguette. Pour peu
qu'on veuille les comparer, on verra
qu'ils sont differens. D'ailleurs le
P. le Brun renvoye à ces *Lettres*, dans
l'*Histoire critique des Pratiques super-*
stitieuses. L'Edition que M. l'Abbé
Granet nous a donnée renferme plusieurs additions considerables, dans
l'Ouvrage du *P. le Brun*, & outre
cela plusieurs pieces de differens
Auteurs touchant la Baguette, qui
composent le 3ᵉ. volume.

    P. 142. *Nº.* 6. La lettre a paru sous
ce titre. *Lettre du P. le Brun, Prêtre*

de l'Oratoire, touchant la part qu'ont   P. LE
les Fideles à la celebration de la Meſſe. BRUN.
Il y enſeigne que » la Conſecration
» exceptée, & l'union du corps my-
» ſtique bien entendue, les fideles
» prient, offrent, & ſacrifient con-
» jointement avec le Prêtre, par-
» ce qu'ils concourent tous en leur
» maniere au ſacrifice.

P. 146. Ce que j'ai dit, que la
lettre marquée au *N°.* 10. n'a pas
été rendue publique, demande quelque explication. Le *P. le Brun*, avant
que de la repandre dans le public,
en porta un exemplaire à M. *Tour-
nely*, qui ayant remarqué qu'elle
étoit remplie de traits vifs, l'engagea à la ſupprimer. L'Auteur natu-
rellement ami de la paix, y conſentit ſans peine; mais afin que le ſoup-
çon d'hereſie, dont on l'avoit chargé,
fût diſſipé, on convint aprés une
negociation de quelques jours, qu'on
inſereroit un extrait de cette lettre
dans les *Memoires de Trevoux.* Il
parut en effet aprés un long delay
dans le mois de Juillet 1728. p. 1306.
ſous ce titre: *Lettre à M. de Tor-
pane Chancelier de Dombes;* & afin

P. LE BRUN.

de terminer cette querelle, dont lés suites ne pouvoient être utiles à l'Eglise, il y eut defense d'écrire fur ces matieres. Mais cette efpece de treve ne dura pas long-temps, & l'on vit paroître à la fin de l'année 1728. une Reponfe à cette Lettre, fous le titre d'*Apologie des Anciens Docteurs* &c. Dès que le *P. le Brun* vit qu'on ne gardoit point de mefure avec lui, il diftribua la lettre qu'il avoit facrifiée au bien de la paix, & fe prepara à refuter l'Apologie. Mais fa mort arrivée au commencement de l'année fuivante, l'en empêcha & termina cette difpute, au moins de fa part; car le *P. Bougeant* publia depuis un *Traité Theologique fur la forme de la Confecration de l'Euchariftie. Lyon* 1729. *in-12. 2 vol.*

Ajoutez aux ouvrages du P. le Brun.

Deux Lettres touchant les Jumeaux Monftrueux nés à Vitry le Mois de Septembre 1706. Inferées dans le Supplement du *Journal des Savans* pour le Mois de Janvier 1707.

Ces additions à l'article du *P. le Brun* font tirées de fon Eloge que M. l'Abbé *Granet* a mis à la tête de fon

Ion édition de l'*Hiſtoire Critique des*   P. LE
Pratiques ſuperſtitieuſes. J'ajouterai ici BRUN.
le caractere qu'il nous donne de la
perſonne & du ſtile du *P. le Brun.*

   » Le *P. le Brun* étoit un ſavant
» ſagé, vertueux, modeſte, & très-
» verſé dans l'Antiquité Eccleſiaſti-
» que. Aprés avoir pris une teinture
» de la Scholaſtique, il s'appliqua à
» recueillir les faits Theologiques,
» qui prouvent beaucoup mieux le
» dogme que des raiſonnemens pu-
» rement ſpeculatifs, & fit pour cela
» ſa principale étude des Ouvrages
» des Peres, & des anciens Auteurs
» Eccleſiaſtiques. Il étoit fort poli,
» incapable de ces procedés malhon-
» nêtes, qui ne deshonorent que
» ceux qui les employent. Il a tou-
» jours paru ſenſible aux traits amers
» de la critique; mais cette ſenſibi-
» lité avoit ſa ſource dans ſa poli-
» teſſe même; il ne vouloit pas être
» forcé à s'ecarter de ſa moderation
» naturelle. Il étoit d'un commerce
» doux & aimable, cherchant l'oc-
» caſion d'obliger ſes amis, & par-
» lant toujours d'eux avec bonté.

   » Son ſtile eſt aſſés varié, cou-

» lant, & en general convenable aux
» matieres qu'il a traitées : mais il
» eſt quelquefois trop diffus, &
» dans certains petits Ouvrages de
» critique, il paroît avoir preferé
» la ſolidité à l'enjouement.

PIERRE VARIGNON.

P. VA- *P.* 176. **A**Joutez à ſes Ouvrages,
RIGNON. *Elemens de Mathemati-*
que de M. Varignon. Paris 1731. *in-*
4°. Ces Elemens ne ſont autre choſe
que la traduction des Cahiers Latins, que M. *Varignon* dictoit à ſes
Ecoliers au College Mazarin; &
cette traduction eſt de M. *Cochet*,
Profeſſeur de Philoſophie dans le
même College.

    Demonſtration de la poſſibilité de la
preſence réelle du corps de Jeſus-Chriſt
dans l'Euchariſtie. Inſerée à la page
8ᵉ. d'un Recueil intitulé *Pieces fu-*
gitives ſur l'Euchariſtie. Geneve 1730,
*in-*8°. M.*Varignon* y a ſuivi la Methode des Geometres. Voici ſon Syſteme.

    1°. La plus petite partie de ma-
tiere, qu'on puiſſe concevoir, eſt

suſceptible de tous les arrangemens
poſſibles, & peut avoir par conſequent tous les organes du Corps
humain.

2°. La grandeur de quatre, cinq,
ou ſix pieds n'eſt nullement eſſentiel-
le à la nature d'un tel corps, puiſ-
qu'un enfant dont le corps n'a qu'un
pied, ne laiſſe par d'être homme :
de là deſcendant juſqu'aux *infini-
ment*, ou *indéfiniment petits*, une partie indéfiniment petite, ne laiſſera
pas d'être un corps humain.

3°. *L'identité* du corps ne dépend
point de *l'identité* de matiere, puiſque par la continuelle expulſion des
parties, qui compoſent un corps
humain, & par la ſubrogation d'autres parties, qui chaſſent celles-là,
il arrive, que la ſubſtance de ce corps
change tellement, qu'au bout de
quelques années il ne reſte plus aucune des parties dont il étoit com-
poſé au temps de ſa naiſſance. Cependant c'eſt toujours le même corps,
parce que c'eſt toujours la même
ame, qui *l'informe*, & qui l'anime.
Ainſi *l'identité* du corps dépend uni-
quement de *l'identité* de l'ame.

4°. L'union de l'ame avec le corps confiste dans la correspondance mutuelle des mouvemens du corps, & des pensées de l'ame. Il n'est point impossible qu'une seule ame soit unie de la sorte à plusieurs corps ; c'est à dire que plusieurs corps ayent divers mouvemens à l'occasion des pensées de la même ame ; & que cette ame ait diverses pensées à l'occasion des mouvemens de plusieurs corps.

5°. Comme l'ame, qui ne change point, est proprement ce qui fait *le moi*, soit qu'elle s'unisse à un seul corps ou à plusieurs, il n'y a toujours qu'un seul homme, parce qu'il n'y a qu'un seul *moi*. D'où il s'ensuit qu'un même homme peut être en plusieurs lieux à la fois, sans contradiction, parce que c'est une seule ame, qui informe des corps separés les uns des autres.

6°. Toutes ces particules indéfiniment petites, qui se trouvent dans une Hostie, & que la Puissance Divine y organise en un instant, ensorte qu'elles sont de vrais corps humains, ne paroissent cependant que

ce qu'elles paroiſſoient avant leur   P. LE
Tranſubſtantiation, parce qu'elles BRUN.
gardent entre elles le même ordre,
qu'elles avoient, lorſqu'elles n'é-
toient que du pain. Elles continuent
d'affecter nos ſens de la même maniere.

7°. Quoiqu'on rompe cette Hoſtie,
ces petits corps humains ne ſouffrent
pourtant aucune laceration ; leur pe-
titeſſe les met à l'abri de cette ſorte
d'injure : il n'y a nul inſtrument,
qui puiſſe les frapper, les percer, les
dechirer.

PROSPER ALPINI.

P. 183. **D** *E præſagienda vita &*   P. AL-
N°. 4.   *morte &c.* l'Edition de PINI.
Veniſe eſt remplie de fautes. Celle
de *Francfort* 1601. n'eſt pas *in-4°.*
mais *in-8°.* (M. l'Abbé *Papillon.*)

JEROSME OSORIO.

J. Oso-
RIO.

P. 207.
N°. 4.

IL y a une édition fort jolie & fort nette de son Histoire, faite à *Paris* en 1581. *in-*8°. chez *P. Chevillot.* C'est la premiere qui ait paru en France. (M. l'Abbé *Papillon.*)

LOUIS BULTEAU.

L. Bul-
TEAU.

P. 215.

AJoutez à ses Ouvrages. *Défense des Droits de l'Abbaye Royale de S. Germain des Prés, dependante immediatement du S. Siege Apostolique, par D. Robert Quatremaires, Moine Benedictin de la Congregation de S. Maur. Paris* 1668. *in-*12. Quoique le titre de cet ouvrage porte à croire, qu'il a été réellement écrit en François par le *P. Quatremaires*; ce n'est cependant qu'une traduction de l'Ecrit Latin de ce Benedictin, faite par *Louis Bulteau.*

N°. 2. Il y a une édition de sa

Défenſe des ſentimens de Lactance &c.
faite à *Paris* en 1677. *in-*12.

JEAN DESLYONS.

P. 327. L'Evêque de Senlis, qui   J. Des-
ᴸcenſura ſon ſermon, eſt ʟʏᴏɴꜱ.
M. *Nicolas Sanguin.*
 Ajoutez à ſes Ouvrages.
 *Réponſe · de M. Deſlyons Doyen de
Senlis & de Sorbonne, à un de ſes amis,*
datée du 1ʳ. Août 1697. Elle ſe trouve dans un petit livre de 36. pages
*in-*16. contenant la Lettre de M. l'Archevêque de *Cambray* au Pape, au
ſujet de ſon livre des *Maximes des
Saints,* & quelques autres Lettres qui
roulent ſur la même matiere. *Deſlyons*
y approuve fort la Theologie Myſti-
que.

URBAIN CHEVREAU.

P. 350. A Joutez à ſes Ouvrages.   U. Cʜᴇ-
ᴬ *Coriolan ; Tragedie.* ᴠʀᴇᴀᴜ.
*Oeuvres diverſes. Les deux Amis,
Tragicomedie. Paris* 1638. *in-*4°.

U. CHE- *Poësies de Chevreau. Paris 1656. in-*
VREA.   *8°. pp. 228.* On trouve à la p. 113.
un *Fragment du Ballet des liberalités*
des Dieux , danſé à Stockholm le 8. de
Decembre 1652. Sur le jour de la
Naiſſance de la Reine Chriſtine. It.
à la p. 120. *Le Ballet de la Felicité ,*
danſé à Stockholm au Mariage du Roi
de Suede le 31. Octobre 1654. Ce qui
fait connoître le temps où il étoit
en Suede.

PIERRE BEMBO.

P. BEM- *P. 371.* IL y a une édition du livre
BO.   *N°. 2.* De *Imitatione* bien anterieu-
re à celles que j'ai marquées. Elle
eſt raportée ſous ce titre par *Mait-*
taire: De Imitatione *liber cum* Joan.
Franciſci Pici Opuſculis. Baſileæ *1518.*
in-4°.

P. 372. N°. 4. Fabricius n'a pas
omis l'Edition de *Terence* de l'an
1552. du moins dans l'édition de ſa
Bibliotheque Latine de l'an 1721. où
il en parle p. 35. du 1er. vol.

Il s'eſt fait à *Veniſe* une édition de
toutes les Oeuvres de *Bembo* en quatre

volumes *in-fol.* avec des remarques
& des additions.

MATHURIN REGNIER.

P. 398. LA premiere édition de M. REG-
Regnier que j'ai *in-4°.* NIER.
1608. & non pas *in-12.* ne contient
que dix Satyres, & fon Difcours au
Roi. J'en ai une plus ample de *Lyon*
chez *Cl. Chalaud* 1617. *in-12.* J'en
ai vû une de *Paris* fort jolie chez *Guil.
de Luynes* 1655. *in-12.* Il y a dix-neuf
Satyres. *Rouen. Befogne.* 1626. *in-8°.*
On a joint à celle-ci des Satyres de
Sigogne, de *Motin* &c. Une autre de
1661. affez jolie. *Paris. Le Gras, in-12.*
(M. l'Abbé *Papillon.*)

ANGELO DI COSTANZO.

P. 400. LEs huit premiers, *ajou-* A. DI
L. 13. tez, livres. COSTAN-
P. 401. La feconde édition de fes zo.
Poefies a paru à *Boulogne* en 1712.
in-12. Il s'en eft fait une troifiéme
par les foins des freres *Jean*, *An-*

A. DI *toine*, & *Gaetan Volpi* à *Padoue* en
COSTAN- 1723. *in*-8°. *pp.* 93. Cette derniere
20.   eſt augmentée d'un Sonnet & de
quelques-unes de ſes Lettres , outre
quelques Poeſies ou lettres qui lui ont
été adreſſées. On a mis à la tête du
volume ſon Eloge , tiré du premier
tome du Journal de *Veniſe*.

✿✿✿✿✿✿✿✿✿✿✿✿✿✿✿✿✿✿✿✿✿✿

CHANGEMENS , CORRECTIONS
& Additions.

Pour le Tome douzième.

EUSEBE RENAUDOT.

P. 33. *J*Ean *Albert Fabricius* a in-   E. RE-
N°. 3. feré dans fa Bibliotheque   NAUDOT.
Greque tom. 10. p. 343. ce que M.
Renaudot a dit de *Gennadius* dans fes
remarques fur cet Ouvrage , & y a
joint fes notes.

     P. 39. N°. 14. La *Lettre à M.
Dacier fur les Verfions Syriaques &
Arabes d'Hippocrate* a été inferée tra-
duite en Latin par *Fabricius* dans fa
Bibliotheque Greque tom. 1. p. 861.

     Ajoutez à fes Ouvrages.

     *De Barbaricis Ariftotelis librorum
verfionibus Difquifitio ad Antonium Ma-
riam Salvinium, Græcæ linguæ in Aca-
demia Florentina Profefforem.* Inferée
dans la Bibliotheque Greque de *Fabricius* tom. 12. p. 246.

JEAN GUINTIER.

P. 45. J'Ai suivi dans le Catalogue de ses Ouvrages celui que *Van-der-Linden* nous en a donné, mais comme il est fort imparfait, & qu'il n'en marque gueres que des éditions recentes; je marquerai ici les anciennes que j'ai pu decouvrir.

1°. *Syntaxis Græca. Paris.* 1527. in-8°. Je n'avois point marqué cet ouvrage.

2°. *Galenus de Plenitudine, & Polybus de salubri Victûs ratione privatorum, Latine, Guinterio Johanne Andernaco Interprete; & Apuleius Platonicus de Herbarum viribus, & Antonius Benivenus de Abditis morborum causis. Paris. Wechel* 1528. *in-fol.* La traduction du Traité *De Plenitudine* de *Galien* faite par *Guintier*, a été imprimée par le même *Wechel*, à *Paris* en 1531. *in-8°*. Pour ce qui est de celle de *Polybe*, elle a paru de nouveau à la suite du Traité de *Scribonius Largus, De compositione Medicamentorum. Basilea* 1529. *in-8°*. & dans

un Recueil intitulé : *Bonæ valetu...-* J.
nis conservandæ præcepta. Argentorati G U I N-
1530. *in-*8°. T I E R.

3°. *Galeni introductio, seu Medicus*
& de Sectis, Latine, Guinterio Joanne
And. Interprete. Paris. Simon Colines.
1528. *in-*8°.

4. *Galenus de Facultatum natura-*
lium substantia; quod animi mores cor-
poris temperaturam sequuntur; de pro-
priorum animi cujusque affectuum agni-
tione & remedio, Latine, Joan. Guinte-
rio And. Interprete. Paris. Simon Co-
lines. 1528. *in-*8o. La version du Traité de *Galien, De facultatum naturalium*
substantia a paru de nouveau à *Paris*
1547. *in-*12. Avec *Galeni de simplici-*
bus Medicamentis libri XI. Latine,
Theodorico Gerardo, Gaudano, Inter-
prete.

5°. *Galeni de semine libri duo, La-*
tine, J. *Guinterio Interprete. Paris.*
Simon Colines. 1528. *in-*8°. It. *Ibid.*
1533. *in-*8°.

6o. *Galenus de Diebus Decretoriis,*
& morborum temporibus, Latine. Paris.
Simon Colines. 1529. *in-*8°.

7°. *Galenus de Atra Bile, & tu-*
moribus præter naturam, Latine, Joan.

J.
GUIN-
TIER.

Ander. Interprete. Parif. 1529. *in-*8°.

8°. *Galenus de compofitione Medica-*
mentorum κατὰ γένη *libri feptem, La-*
tine, Joan. Guint. Interprete. Parif.
1530. *in-fol.*

9°. *Galeni de Theriaca ad Pifonem*
liber, Latine, J. G. Interprete. Parif.
1531. *in-*4°.

10. *Galeni de Anatomicis admini-*
ftrationibus libri IX. *Eod. Interprete.*
Parif. 1531. *in-fol.*

11. *Pauli Æginetæ Opus de re Me-*
dica, nunc primum integrum latinitate
donatum per Joan. Guinterium. Parif.
1532. *in-fol. It. cum ejus Commenta-*
rio. Argentorati 1542. *in-fol.*

12. *Galenus de Antidotis libri duo*
à J. G. nunc primum latinitate dona-
ti, & de remediis paratu facilibus, eo-
dem Interprete. Parif. 1533. *in-fol.*

13. *Oribafii Commentaria in Apho-*
rifmos Hippocratis, Latine hactenus
non vifa, Guinterii induftria velut è
profundiffimis tenebris eruta, & nunc
primum edita. Parif. 1533. *in-*8°.

14. *Cœlii Aureliani libri tres de A-*
cutis paffionibus, à Joan Guinterio emen-
dati, atque primum editi. Parif. 1533.
*in-*8°.

15. *Galeni Opera varia, Latine, Joh. Guinterio Interp. partim nunc recens edita, partim diligentissime recognita. Parif. 1534. in-fol.* Les Ouvrages de ce Recueil font. 1°. *De facultatibus naturalibus.* 2°. *Quod animi mores corporis temperaturam sequuntur.* 3°. *De propriorum affectuum agnitione.* 4°. *De Sectis.* 5°. *De Elementis.* 6°. *In Hippocratem de Natura hominis & de Victus ratione privatorum.* 7°. *De Constitutione Artis Medicæ.* 8°. *De Præsagiendis insomniis.* 9°. *De Optima constitutione.* 10. *De bono corporis habitu.* 11. *De Plenitudine.* 12. *De atra bile.* 13. *De Tumoribus præter naturam.* 14. *De Diebus decretoriis.* 15. *De morborum temporibus.* 16. *De totius morbi temporibus.* 17. *De Theriaca.* 18. *De pulsibus introductio, seu Medicus.*

17. *Galenus de Hippocratis & Platonis Placitis, Latine, Guint. Interp. Parif. 1534. in-fol.*

18. *Galeni de compositione Medicamentorum secundum locos libri decem, opus nunc primum Latinitate donatum ac in lucem editum, per Joan. Guinterium, publicum Scholæ Medicorum Parisiensis Professorem. Parif. 1535. in-fol.*

J. GUINTIER.

J.
G U I N-
T I E R.

19. *Galeni de ratione ad Glauconem libri duo Græce & Latine. Pariſ.* 1536. *in-8°.*

20. *Galeni Opera diverſa Latine, jam primum in lucem edita, Joan. Guinterio Interprete. Pariſ.* 1536. *in fol.* Ces traités ſont *de tremore præ-noſcendo, Typis ſeu formis morborum, præſtantiſſima Medicorum Secta, vulvæ confectione, formatione fœtus, ratione medendi per Venæ ſectionem, ſanguinis miſſione ad Eraſiſtratum, Hirudinibus, ſanguine an in Arteriis ſecundum naturam contineatur, facultate purgantium Medicamentorum, quos & qualiter & quando purgare neceſſe ſit, de Venæ ſectione adverſus Eraſiſtrateos.* Ce dernier traité eſt de la traduction de *Joſeph Tectander de Cracovie ;* tous les autres ſont de celle de *Guintier.*

21. *Cl. Galeni Iſagoge , ſeu Medicus , & ejuſdem Definitiones Medicinales, Græce , cum Latina verſione illius per Joan. Guinterium, & harum per Jon. Philologum. Baſileæ.* 1537. *in-8°.* Cette édition a été publiée par les ſoins de *Sebaſtien Singkeler* Medecin, & Profeſſeur à *Baſle.*

22. *Galenus de Elementis ex Hippo-cratis*

cratis sententia, Guint. Interp. Parif.
1541. in-8°.

23. *Alexandri Tralliani libri Medicinales XII. Joan. Guint. Interprete. Argentorati. 1549. in-8°. It. Bafilea. 1556. in-8°. It. Lugduni. 1560. in-12.* It. parmi les *Artis Medicæ Principes* donnés par *Henri Etienne. Parif.* 1567. *in fol.* It. *cum Joannis Molinæi annotationibus. Lugduni.* 1575. *in-12.*

GUILLAUME MASSIEU.

P. 57.
N°. 3.
ON dit que M. *de Tourreil* en mourant avoit chargé M. *Maffieu* de donner au public fa traduction des Harangues de Demofthene ; il falloit dire une nouvelle édition corrigée & augmentée. Car dès l'an 1691. M. *de Tourreil* avoit publié cinq harangues de cet Orateur, & en 1701. il en avoit donné une nouvelle édition augmentée de fix autres (M. l'Abbé *Goujet.*)

ISAAC LA PEYRERE.

**I. LA
PEYRE-
RE.**

P. 69. L'On a ignoré jufqu'ici la vraye date de la mort de la Peyrere ; mais la piece fuivante fervira a la faire connoître, & à rectifier plufieurs chofes que l'on a mifes dans fon article.

Extrait des Regiſtres de la Paroiſſe d'Aubervilliers.

» L'an 1676. le 31. Janvier a été
» inhumé à *Aubervilliers*, *Iſaac la Pey-*
» *rere*, natif de *Bourdeaux*, âgé de
» 82. ans, decedé le 30. muni de
» tous fes Sacremens, aprés avoir fait
» les actes d'un bon Chretien. Il avoit
» été heretique, & pendant ce temps
» avoit compofé un livre des Préa-
» damites, lequel il a retracté depuis
» par un écrit qu'il a fait imprimer.
» Aprés avoir abjuré toutes fes here-
» fies aux pieds de nôtre Saint Pere
» le Pape *Alexandre VII.* il a fait ve-
» nir au giron de l'Eglife le Sieur
» Comte de *la Suze* par les lettres
» qu'il lui a écrites, & les differta-
» tions qu'il a compofées contre le

» Miniftre qui s'oppofoit le plus à
» la converfion dudit Sieur Comte
» de *la Suze* Et enfin s'étant retiré
» du fervice de fon Alteffe Monfei-
» gneur le Prince de *Condé*, dont il
» étoit Bibliothecaire, il s'eft retiré
» en ce Seminaire de *Nôtre-Dame des*
» *Vertus*, où il a demeuré pendant
» dix années confecutives.

I. LA
PEYRE-
RE.

Vers l'an 1671. on commença à imprimer à *Paris* chez *Sebaftien Huré & Frederic Leonard*, *in-fol.* une tra-duction de la Bible, faite par l'Abbé de *Marolles*, & accompagnée de no-tes affés amples d'*Ifaac de la Peyrere*, avec approbation des Docteurs & Privilege du Roy. L'impreffion en étoit au Chapitre 23e. du Levitique, lorfqu'elle fut deferée à M. *François de Harlay*, Archevêque de *Paris*. Ce Prelat donna le tout à examiner à *Guillaume Martin*, qui ayant été au-trefois Miniftre Calvinifte, avoit ab-juré l'Herefie, pour embraffer la Re-ligion Catholique. Son rapport ne fut pas favorable à l'ouvrage; il de-clara qu'il y avoit une infinité d'er-reurs groffieres. Ainfi il fut fupprimé par ordre de M. le Chancelier *Seguier*,

D ij

I. LA PEYRE-RE.

& l'impreſſion n'alla pas plus loin. Ce qu'il y a d'imprimé ſe voit à la Bibliotheque du Roi & dans celle des Jacobins de la ruë S. Honoré. (*Le Long, Bibliotheca Sacra Tom.* I. p. 331.

J'ai un Manuſcrit, qui paroît corrigé de la main de *la Peyrere*, lequel a pour titre: *Reponſe de la Peyrere aux Calomnies de Des Marais, Miniſtre de Groningue. La Peyrere* maltraite fort ce Miniſtre, qui l'avoit appellé dans un de ſes Ouvrage *l'impie defenſeur des Préadamites.* Il s'y propoſe de faire voir qu'il n'y a point d'impieté dans ſon Syſtême; que ce ſont plutôt les Proteſtans qui s'en rendent coupables par la liberté qu'ils uſurpent d'interpreter l'Ecriture Sainte ſelon leur eſprit particulier.

JEAN DE BARROS.

J. DE BARROS.

P. 93. *N°.* 3.

J'Ai l'édition du livre de *Vivés* de l'an 1535. qui eſt celle que vous citez. Mais le titre n'en eſt pas tel que vous le rapportez, *Exercitationes Animæ in Deum;*

mais, *Ad animi exercitationem in Deum Commentatiunculæ.* Il y a une autre Edition de cet Ouvrage à *Lyon* chez *Gryphe* 1565. qui eſt intitulée : *Exercitationes Animi in Deum.* A l'egard de l'Ouvrage de *Jean de Barros*, il n'eſt point nommé dans la dedicace de *Vives.* Celui-ci dit ſeulement qu'il a connu l'eſprit, l'erudition, & la probité de *Barros* par un certain livre qu'il a écrit en ſa langue. Voila toutes les louanges qu'il donne à cet ouvrage, ſuppoſé qu'il ait entendu parler de celui qui eſt intitulé *Rhopica.* (Ce qui eſt a preſumer, puiſque *Barros* n'en a point fait d'autre, qui ait pu donner lieu à ces paroles. (M. l'Abbé *Goujet.*)

JEAN DE LA CASA.

P. 110. IL s'eſt fait à *Veniſe* une nouvelle édition de tous les Ouvrages de *la Caſa* en 4 volumes *in-*4°. *Coll' aggiunte di varie coſe tralaſciate in nell' editione di Firenze.*

JAQUES BOILEAU.

P. 140. H*istoire des Flagellans, où l'on fait voir le bon & le mauvais usage des Flagellations parmi les Chretiens, par des Preuves tirées de l'Ecriture Sainte, des Peres de l'Eglise, des Papes, des Conciles, & des Auteurs profanes, traduite du Latin de M. l'Abbé Boileau Docteur de Sorbonne.* 2e. *Edition revue & corrigée. Amsterdam* (c'est à dire, *Paris*) 1732. *in-*12. M. l'Abbé *Granet*, qui a eu soin de cette édition, a mis à la tête une Preface très-curieuse, où il fait l'Histoire de ce livre. J'en transcrirai ici ce qu'il y a de plus important.

Quoique le sujet de cette Histoire soit fort indifferent pour la Religion, cependant la maniere dont M. l'Abbé *Boileau* l'a traité, fut regardée par quelques personnes, comme une hardiesse dangereuse. S'il en faut croire un Critique Anonyme, *(a)* l'Auteur essaia vainement d'avoir l'approbation de quelque Docteur ;

(a) Lettre à M. D. L. C. D. P. pag. 41.

& fous pretexte que le livre étoit pu-   J. Boi-
rement hiftorique, il en fit charger leau.
M. le Préfident *Coufin*; ce fut fur
fon approbation, qui n'a pas été
imprimée, qu'on furprit un Privilege, durant la maladie de feu M. le
Chancelier *Boucherat*. Quand M. *Boileau* préfenta fon Manufcrit, le titre
étoit conçu en ces termes : *Hiftoria
Flagellantium de perverfo flagrorum ufu
&c.* Mais pour appaifer les devots
Flagellans (*a*) on l'obligea d'ajouter, *de recto* &c. addition qui fert à
montrer qu'on peut faire un bon ufage des Difciplines. C'eft apparemment pour la même raifon, que dans
le fommaire du premier chapitre, il
declare que *fon but n'eft pas de con-
damner l'ufage des Flagellations en general, lorfqu'elles font accompagnées
des autres macerations de la chair;
mais feulement d'en montrer l'abus en
particulier, lorfqu'elles font feparées des
autres mortifications.*

Dés que cet Ouvrage eut paru,
quelques perfonnes qui n'aimoient
pas l'Auteur, travaillerent à faire
fupprimer ce livre, & à en faire re-

(*a*) *Bibliotheque Volante.* p. 213.

voquer le Privilege, qui avoit été obtenu dans toutes les formes de M. le Chancelier *Boucherat*. Au rapport d'un Auteur deja cité (a) le livre fut fupprimé. Il paroît pourtant que ces efforts furent inutiles, & que M. *Boileau*, qui jufqu'alors avoit gardé l'*incognito*, s'étant avoué l'auteur de l'Hiftoire des Flagellans, en empecha la fuppreffion.

Six mois aprés l'impreffion de cette Hiftoire, un Auteur Anonyme publia une Critique fous ce titre : *Lettre de M. D. L. C. P. D. B. fur le livre intitulé :* Hiftoria Flagellantium. *in*-12. *pp.* 43. fans nom de Ville ni d'Imprimeur. C'eft une Analyfe de l'Ouvrage de M. *Boileau*, que cet Ecrivain a tâché d'égayer par des plaifanteries, qui certainement ne font pas dans le goût de *Lucien*.

M. *Boileau* entreprit de fe juftifier par un ouvrage que M. *Thiers* affure avoir en Manufcrit, & qui étoit intitulé : *Hiftoria Flagellantium vindicata*, *& dans lequel il rapportoit des cas de confcience metaphyfiques & finguliers, tirés des livres de certains Ca-*

(a) *Bibliotheque Volante.* p. 214.

fuiftes ;

Suites, qui ont employé des descriptions & des expressions que la pudeur a peine à souffrir. Ce sont les termes de ce Critique.

Peu de temps après l'impression de l'Histoire Latine des Flagellans, c'est à dire en 1701. on en vit paroître la Traduction Françoise à *Amsterdam in*-12. M. *Boileau* se plaignit de ce que le Traducteur l'avoit nommé dans le titre; & quoiqu'il reconnût qu'il *parle assez bien pour ce qui concerne le tour & la netteté des expressions*, il fit des *Remarques* sur cette traduction, où il releve quelques bévuës, & corrige quelques endroits trop libres.

Ces Remarques parurent à *Paris* en 1702. chez la veuve *Barbin in*-12. pp. 24. & furent réimprimées la même année à *Amsterdam* dans le Tome I. des supplémens aux *Memoires de Trevoux* p. 27. Dans cette derniere édition on a supprimé deux ou trois petits articles, mais aussi il y a quelques traits curieux qu'on ne trouve pas dans l'édition de *Paris*.

L'Auteur de la Traduction de l'*Histoire des Flagellans*, qui est estima-

Tome XX. E

J. Boi-
LEAU.

ble pour l'exactitude & l'énergie de l'expreſſion, m'eſt inconnu. Quelques perſonnes l'attribuent à M. *Boileau.* M. *Thiers* le dit poſitivement dans la Preface de ſa Critique ; mais il paroît n'avoir adopté cette imputation, que pour inſulter ſon adverſaire.

La Critique de M. *Thiers* parut en 1703. à *Paris in-12.* Les Journaliſtes de *Trevoux* en parlerent avantageuſement ; ce qui engagea M. *Boileau-Deſpreaux* à faire l'Epigramme ſuivante.

Non, le livre des Flagellans
N'a jamais condamné, liſez le bien,
mes Peres,
Ces rigidités Salutaires,
Que pour ravir le Ciel, ſaintement
violens,
Exercent ſur leur corps tant de Chré-
tiens auſteres.
Il blâme ſeulement cet abus odieux
D'étaler, & d'offrir aux yeux
Ce que leur doit toûjours cacher la
bienſeance,
Et combat vivement la fauſſe pieté,
Qui ſous couleur d'éteindre en nous
la volupté,

Par l'austerité même & par la pe-
nitence
Sçait allumer le feu de la lubri-
cité.

Il me reste maintenant à parler de
la Latinité de M. *Boileau*, blâmée
par ses deux Critiques. J'avoue qu'il
lui est echappé quelques fautes contre la construction. Mais eu égard
au sujet de son Histoire & à sa maniere de le traiter, son Latin exprime agréablement ses idées badines.
Il est aisé de remarquer, qu'il avoit
lû *Plaute*, & qu'il en copie les expressions. En prenant ce point de
vuë, sa Latinité ne paroît pas mepri-
sable.

MARC-ANTOINE COCCIUS
SABELLICUS.

P. 164. **M**Aittaire cite une édition de son Histoire
Universelle, qui porte ce titre : *Rhap-*
sodia Historiarum Enneades Marci-
Antonii Coccii Sabellici, ab orbe con-
dito. Pars prima complectens quinque
Enneades. (Ce qui est faux, car elle

M. A. C.
SABELLI-
CUS.

n'en a que quatre) *Secunda tres , tertia quatuor, usque ad annum* 1504. *præmissis earumdem repertoriis auctis & recognitis ab Ascensio, cum Authoris Epitomis. Paris* 1509. *in fol.*

Le même cite encore cette édition de ses ouvrages.

M. Ant. Sabellici Opera. Venetiis, per Albertinum de Lisona Vercellensem. 1502. *in fol.*

JEAN MEURSIUS.

J. MEUR-
SIUS.

P. 185.
N°. 1. Fabricius dans sa Bibliotheque Greque ne parle point de l'Edition du Commentaire de *Meursius* sur *Lycophron,* que j'ay marquée en 1699. Il y en a deux de *Potter,* une de 1697. & l'autre de 1701. faite à *Oxford in fol.* comme la premiere.

P. 190. N°. 35. *Variorum divinorum liber, sive Orationes Patrum numquam editæ; videlicet, Cyrilli Alexandrini in Transfigurationem Domini &c.* Ce premier ouvrage avoit été oublié dans le titre rapporté.

JEAN BAUDOIN.

P. 210. SOn *Hiſtoire Negrepontique*, J. BAU-
&non pas *Negropontique*, DOIN.
a été réimprimée en 1731. à *Paris*.
Cet ouvrage vient originairement
d'un Moine Grec, d'après lequel Ot-
tavio Finelli le traduiſit en Italien.
M. de Boiſſat, de l'Academie Fran-
çoiſe, le mit en François ſur une copie
Manuſcrite de *Finelli*, & l'envoïa à
Baudoin ſon ami, qui ſe ſervit de
ſa traduction ; & de ces Memoires
detachés il compoſa une hiſtoire ſui-
vie, & ajuſta à nos uſages les harangues & les complimens. (M. l'Abbé
Goujet.)

JEAN DEVAUX.

P. 230. AJoutez à ſes Ouvrages J. DE-
les ſuivans, qui ont paru VAUX.
depuis l'impreſſion de ce volume.
Traité des Maladies aigues des En-
fans, avec des obſervations Medici-
nales ſur ces Maladies, & ſur d'autres
E iij

J. DE- *matieres très-importantes ; & une disser-*
VAUX. *tation sur l'Origine, la Nature, & la*
curation de la Maladie Venerienne,
traduite du Latin de Gautier Harris,
Medecin, par M. Devaux. Paris 1730.
*in-*12.

Traité de la Nature, des causes, des
Symptomes, & de la curation de l'acci-
dent le plus ordinaire du mal Venerien
(qui est la Gonorrhée virulente) tra-
duit de l'Anglois de Guillaume Cokburn,
Medecin, par M. Devaux. Paris. 1730.
*in-*12.

Traité des Maladies, qui arrivent
aux parties genitales des deux sexes,
& particulierement de la Maladie Ve-
nerienne, traduit de l'Italien de Jacques
Vercelloni, Medecin, par M. Devaux.
Paris. 1730. *in-*12.

PIERRE FRANCIUS.

P. FRAN- *P.* 239. **A** Joutez à ses Ouvrages.
CIUS. Encomium Galli Gal-
linacei. Amstelod. 1680. *in-*4°.

Oratio de ratione declamandi. Am-
stelodami 1696. *in-*8°. Ces deux discours se trouvent aussi dans le Re-

cueil de ſes Harangues, dont j'ai
parlé. *N°.* 2.

BENOIST BACCHINI.

P. 261. J'Ai dit qu'au Duc de *Mo-*
dene, qui mourut en
1694. ſucceda ſon fils. C'eſt une faute. Ce Duc, qui étoit *François d'Eſt*
II. eſt mort ſans enfans. Son ſucceſ-
feur, *Renaud d'Eſt*, étoit fils de *Fran-*
çois I. & par conſéquent Oncle de
François II.

B. BAC-
CHINI.

LOUIS NOGAROLA.

P. 308.
N°. 5. LA verſion des Queſtions
Platoniques de *Plutar-*
que par *Nogarola* a été imprimée à
Veniſe, en 1552. *in-*4°.
    P. 309. *N°.* 8. *Louis Nogarola* a
non ſeulement ajouté des notes à cet
Ouvrage de *Themiſtius*, il l'a outre
cela traduit en Latin. Le tout a été
imprimé à *Veniſe* en 1570. *in-fol.*

L. No-
GAROLA.

E iiij

MARTIN SCHOOCKIUS.

M.
Schooc-
kius.

P. 366. DAns les extraits d'un Voyage Litteraire de *Jean-Jaques Thurmius*, inferés dans le 11e. tome des *Amœnitates Littera-ria* p. 278. & 297. on trouve les particularités fuivantes fur *Schoockius*.

Thurmius dit qu'étant à *Helmſtadt*, *Meibomius* lui raconta que *Schoockius* ayant accufé *Defcartes* d'Atheifme, fe vit expofé aux perfecutions des difciples de ce fameux Philofophe; qu'elles allerent même fi loin, qu'ayant été faire un Voyage à *Utrecht*, il y fut arreſté par le credit des Cartéfiens, & retenu pendant quatorze femaines; & que ce fut apparemment la raifon qui le determina à quitter la Hollande, pour aller en Allemagne.

Il rapporte plus bas une autre caufe du changement de *Schoockius*, qu'il dit avoir apprife de *Samuel Des-Marets. Schoockius*, dit-il, avoit d'abord époufé une femme affés riche; lorfqu'elle fut morte, il fe re-

maria à une veuve qu'il croyoit à   M.
son aise, & qui de son côté s'ima- Schoоc-
ginoit trouver une fortune en l'épou- kius.
sant.   Mais ils se tromperent l'un
l'autre. Au bout de quelque temps
Schoockius ayant contracté des dettes,
se vit inquiété par ses Créanciers ;
& ce fut pour se soustraire à leurs
poursuites, qu'il se retira en Allemagne. Il fit croire d'abord qu'il
n'avoit dessein que d'y faire un voyage ; mais quand il y fut arrivé, il
declara qu'il ne retourneroit plus à
Groningue.

P. 375. N°. 19. L'Ouvrage cité ici
est intitulé : *Dissertatio Historica ex
rerum gestarum luce expendens justitiam
Belli Belgici, occurrensque iis qnæ ab
aliis contra eam sunt mota. Groningæ.*
1647. *in* 12.

❦❦❦❦❦❦❦❦❦❦

CHANGEMENS , CORRECTIONS
& *Additions.*

Pour le Tome treizième.

JEAN CORAS.

J. Co- *P.* 11. **J**E marquerai ici quelques
RAS.   éditions de plusieurs de ses
Ouvrages dont je n'ai point parlé.
In Titulum Cod. de Servitutibus Com-
mentarius. Lugduni. 1552. *in-*8°.

In universam Sacerdotiorum mate-
riam Paraphrasis. Parif. 1552. *in-*80.

Quæstionum liber unus. Accedúnt
enarrationes in L. Vinum. ff. si certum
petatur. L. Pacta conventa. ff. de con-
trahenda Emtione. L. Si emancipati
ff. de Collationibus. Lugduni 1555. *in-*
8°.

Altercation de l'Empereur Adrian,
& *du Philosophe Epictete*, *avec les An-*
notations de Jean Coras. Toulouse. 1558.
*in-*8°.

De Juris Arte. Coloniæ. 1563. *in-*8°.
It. avec le Traité de *Jean Hopperus*

sur le même sujet. *Coloniæ.* 1582. J. CO-
in-8°.   RAS.

*Tractatus de Officiis , Electionibus ,
& Beneficiis Ecclesiasticis. Coloniæ.*
1596. *in*-8°.

Miscellaneorum Juris Civilis libri
VII. *Coloniæ.* 1598. *in*-8°. It. *Francofurti.* 1614. *in*-8°.

*Memorabilium Senatusconsultorum
Curiæ Tolosanæ centuria. Lugduni.*1600.
in-8°.

BENOIST DE SPINOSA.

P. 46. LE *Tractatus Theologico-Po-*   B. DE
liticus de *Spinosa* impri-SPINOSA.
mé sous le titre de *Danielis Heinsii
P. P. Operum Historicorum collectio
prima , Editio secunda Lugduni apud
Isaacum Herculis* 1673. *in*-8°. est plus
correct dans cette seconde édition
que dans la premiere *in*-4°. de l'an
1670. que j'ai marquée. On trouve
le même livre avec cet autre titre :
*Fr. Henriquez de Villacosta M. Doct.
à Cubiculo Philippi IV. Caroli II. Ar-
chiatri opera Chirurgica omnia sub au-
spiciis Potentiss. Hispaniarum Regis. Am-*

B. DE *ftelodami.* 1673. *in-8°.* c'eft la même
SPINOSA. édition que celle qui porte le nom de
Heinfius. On a mis à la fin l'Ouvrage
de *Louis Meyer,* qui a pour titre: *Philofophia facra Scriptura Interprès.*

    Les remarques qui fe trouvent à
la fin de la traduction Françoife de
l'Ouvrage de *Spinofa,* laquelle a paru
fous trois titres differens, font traduites du Latin de *Spinofa,* quoiqu'elles ne foient pas dans les éditions Latines.

    La vie de *Spinofa* par *Colerus* a été
réimprimée avec plufieurs autres Pieces fous ce titre.

    *Refutation des Erreurs de Benoît de
Spinofa , par Mr. de Fenelon , Archevêque de Cambrai , par le P. Lami Benedictin , & par Mr. le Comte de Boulainvilliers , avec la vie de Spinofa ,
écrite par M. Jean Colerus , Miniftre
de l'Eglife Lutherienne à la Haye ;
augmentée de beaucoup de particularités tirées d'une vie Manufcrite de ce
Philofophe , faite par un de fes amis.
Bruxelles* (C'est-à-dire , *Amfterdam*)
1731. *in-8°. pp.* 536. On a eu tort de
donner l'Ouvrage de Mr. le Comte
de *Boulainvilliers ,* qui paroît ici pour

la premiere fois, fous le titre de *Re-*
futation de Spinofa, puifque ce n'eft,
comme dit l'Auteur même dans la
Preface, que le Syfteme de *Spinofa*
reduit en Methode & mis au net, lequel eft mieux fuivi & par confe-
quent plus dangereux que les Ecrits
d'où il eft puifé.

B. DE
SPINOSA.

LOUIS ALAMANNI.

P. 60. L'Hiftoire de *Florence* par
Varchi, que je cite com-
me Manufcrite, a été imprimée en
1721. en Allemagne, par les foins du
Cavalier *Settimani*, qui a donné auffi
l'Hiftoire de *Segni*. (*Le Marquis Tri-*
vulce.)

L. ALA-
MANNI.

GERARD-JEAN VOSSIUS.

P. 124. CE ne fut pas en gliffant
fur les Canaux que *Cor-*
nelie fe noya; mais en paffant fur la
glace en chariot. *Voffius* raconte lui-
même cette avanture dans une de fes
Lettres, qui merite d'être rapportée

G. J.
VOSSIUS.

G. J. ici. Elle est datée de l'an 1538. &
Vossius. adressée à *Jean Meursius.*

*V. Kal. Febr. ipsa Gerardi mei natali, amisi suavissimam majorem natu
filiam Corneliam, Virginem ea pietate, moribus illis, ac rei domesticæ intelligentia & cura; illa, ut de Latina
taceam, Gallicæ, Hispanicæ, Italicæ
linguæ peritia; illa notitia tum omnis
generis Musices, tum & calamo & penicillo pingendi, ut tot bonis boni Numinis gratia concurrentibus, omnibus
fuerit admirationi, qui nossent; fatendumque sit, non eam profecto minus sui
sexus laudibus excelluisse, quam sui
filiorum quos habui vel habeo quemquam. Quodque dolorem auget, ea mihi
momento erepta, dum per glaciem rheda cum fratre Matthæo & sorore Joanna, illustrissimique Polonici legati filio
fidei meæ commendato, nec non Ephoro
ejus traha Leidam fertur. Non quidem
quicquam imprudenter existimo hîc factum à meis, si quidem ea crassities glaciei erat, ut centenæ eodem tempore traha veherentur sine periculi formidine;
sed non impudens minus quam imprudens traharius, dum invitis sessoribus
prævertere vult antecedentes, ad latus,*

ubi piscati antea fuerant, tenuique gla-   G. J.
cie aqua erat obducta, deflectens, om- Vossius.
nes præcipitavit in aquas. Unde prima
quidem extracta Cornelia (heu nuper
mea!) sed jam terrore & casu plane
exanimata: cæteri vivi educti virtute
potissimum, post Dei gratiam, Matthæi
mei, qui ter in aquas insiluit, non sine
magno sui periculo, ut succurreret alieno.
Prope Leidam ista contigere, qua occa-
sione filia est avito inlata sepulchro.

CLAUDE D'ESPENCE.

P. 189. L E Cardinal de Lorraine   C. D'Es-
     le mena à *Rome* en 1655. PENCE.
Lisez. 1555.

     P. 192. Il mourut le 5. Octobre
1671. *Lisez* 1571.

     P. 208. N°. 39. *Super hodierno*
Schismate sermo. Paris 1568. *in-*8°.

     Ajoutez à ses Ouvrages.

     Oratio Manassæ Regis Juda, & Epi-
stola Hieremiæ, carmine Latino. Paris.
1566. *in-*8°.

NICOLAS SANSON.

N. SAN-
SON.

P. 213. J'Ai oublié la 5e. Carte Françoise de la France, qui est par les Généralités.

P. 215. *Ligne* 8. *Le ramenoit chez lui*, lisez, *le ramena.*

P. 216. On a oublié parmi ses Ouvrages, la *Dissertation sur l'Empire des Elamites*, qui est dans la Bible en 4. vol. *in-fol. (l'Abbé Goujet.)*

PIERRE RAMUS.

P. RA-
MUS.

P. 293.
N°. 11. O *Ratio initio suæ Professionis anno* 1551. *Octavo Cal. Septembris habita. Paris.* 1557. *in-*8°.

P. 294. N°. 16. *Ciceronianus. Paris. Wechel* 1557. *in-*8°.

JEAN BARBIER D'AUCOUR.

J. B.
D'A u-
COUR.

P. 316. O U M. l'Abbé le Clerc a-t'il pris que Barbier *d'Aucour d'Aucour* logea d'abord chez un pauvre Libraire &c? En arrivant à Paris il entra au College de *Lizieux.* (M. l'Abbé *Goujet.*)

J. B. D'A u-c o u r.

Il mourut dans la 53e. année de son âge. Ainsi il étoit né vers l'an 1641. (*Id.*)

P. 323. L'Auteur de la *Bibliotheque Janseniste,* (le P. *Colonia,* Jesuite) qui a attribué les Chamillardes à *Barbier d'Aucour,* s'est retracté dans la 2e. édition de sa Bibliotheque, où il assure que ces lettres sont de Monsieur *Nicole*; mais il n'en donne aucune preuve; & je le croirois fort embarassé de le prouver. (*Id.*)

P. 324. l'Edition des *Sentimens de Cleante* de l'an 1730. a été donnée par M. l'Abbé *Granet.* Le petit livre de la *Delicatesse,* qui est de l'Abbé *de Villars,* fut fait contre le premier volume de ces Sentimens, & *d'Aucour* lui a repondu dans le second. (*Id.*)

Le P. *le Cerf* dans la Bibliotheque des Benedictins V. *Delfau,* attribue sans hesiter à *Barbier d'Aucour,* l'Entretien d'un Abbé Commendataire & d'un Religieux, sur les Commendes (sans date), l'Abbé *le Clerc* dit qu'il vou-

Tome XX. F

droit qu'il en eût donné de bonnes preuves.

CONRAD PEUTINGER.

C. Peu-TINGER. *P. 346.* M. *Jean-George Lotter, d'Augsbourg*, m'a fait l'honneur de m'envoyer une brochure de sa façon, qui a pour titre: *Joannis Georgii Lotteri ad Joan. Georgium Schelhornium Epistola, qua de Consilio suo publicis usibus evulgandi Opuscula Conradi Peutingeri exposite differit. Lipsia* 1731. *in-* 4º. *pp.* 16. Cette édition qu'il prepare sera en deux volumes. Les Oeuvres de *Peutinger* y seront precedées d'une vie de l'Auteur encore plus ample & plus exacte que celle qu'il a donnée en 1729. & de l'Histoire d'une Société Litteraire établie à *Augsbourg* du temps de *Peutinger* pour contribuer à l'impression des meilleurs Historiens Romains & Allemands.

Outre les Ouvrages deja imprimés, dont j'ai parlé, on y trouvera ceux qui sont demeurés Manuscrits, tels que sont les suivans.

Epistola de nomine Augustus ad **C. Ptu-**
Theodoricum Rischæum. Thierry Rey- **TINGER.**
sach étoit Docteur en Droit , & premier Professeur en cette Faculté à
Ingolstadt ; il est connu par une ver-
version Allemande qu'il fit en 1602.
de l'Histoire des Septante Interpretes
d'Aristée.

Interpretatio super Nomismatis. Her-
culis Inscriptione Græca.

Adnotationes de Annis Cæsarum Ger-
manicorum ex Monumentis publicis.

Dissertatio de Morinis.

Epistolæ variæ.

On doit esperer de l'habileté & de
l'érudition de l'Editeur , que cette
édition sera aussi parfaite qu'elle peut
l'être.

GUILLAUME AMONTONS.

P. 350. LE jeu d'Esprit de M. *A. G.* Amon-
montons n'étoit pas nou-**TONS.**
veau. On l'avoit pratiqué plus d'un
siecle avant cette Epoque, pour faire
savoir à *Henri IV.* qui étoit à *Roüen,*
la naissance de *Louis XIII.* Ainsi M.

F ij

Amontons n'en est pas l'inventeur.
(M. l'Abbé *Goujet*.)

BERNARD NIEUWENTYT.

B. NIEU-*P.* 356. IL n'aquit à *Westraafdyt*,
WENTYT mettez : *Westgraafdyk*.
Ajoutez à ses Ouvrages un *in*-4°,
imprimé en 1720. en Hollandois,
dans lequel il combat les idées de
Spinosa. Il l'avoit achevé environ
un mois avant sa mort.

ANDRE' NAVAGERO.

A. NA-*P.* 369. LEs deux discours mar-
VAGERO. qués au *N°.* 1. & 2. ont
été imprimés ensemble à *Paris* chez
Galliot du Pré l'an 1531. *in*-4°.
*Andreæ Naugerii Orationes & Car-
mina. Venetiis* 1530. *in-fol.*

PIERRE DE BOISSAT.

P. 400. **A**Joutez à fes Ouvrages.
Encomiafticon Chriftina Suecorum Re-
gina. in-4°.

❖❖❖❖❖❖❖❖❖❖❖❖❖❖❖❖❖❖❖

CHANGEMENS, CORRECTIONS
& Additions.

Pour le Tome quatorziéme.

ERMOLAO BARBARO.

E. BAR- *P.* 20. **O**Utre les Editions de la
BARO. *N°.* 1. version de *Themiſtius*
faite par *Barbaro*, que j'ai citées, il
y en a une autre de *Veniſe* de l'an
1499. *in-fol.* rapportée par *Maittaire.*
Jean Albert Fabricius en marque encore d'autres dans ſa Bibliotheque
Greque tom. 8. p. 30. celles de *Ve-*
niſe des années 1530. 1542. 1549.
1570. & 1587. toutes *in-fol.* dont les
deux dernieres ont de plus que les
autres: *Themiſtii Paraphraſis libri ter-*
tii Ariſtotelis de Anima ex verſione Lu-
dovici Nogarolæ, cum ejus Scholiis,
& Antonii Zimarra Contradictiones ac
ſolutiones in dictis Themiſtii ad libros
Phyſicorum. Le même *Fabricius* en cite
deux de *Baſle,* l'une de l'an 1533. *in-*
fol. & l'autre de 1545. *in-4°.* J'en

trouve une autre dans *Maittaire*, E. BAR-
faite à *Paris* chez *Simon Colines* en BARO.
1528. *in-fol.* Dans cette derniere la
version de *Barbaro* est accompagnée
d'*Alexandri Aphrodis. Comment. in
libros de Anima, Latine, Hieronymo
Donato Interprete.*

    Ib. N°. 2. Discoridis. Lisez, *Dio-
scoridis*, & de même dans la suite de
l'article.

    *P. 22. N°. 4. Compendium Ethico-
rum librorum. Parisf. Joan. Roigny.
1546. in-8°.*

    P. 25. Lig. derniere. *Carondet*, li-
sez, *Carondelet.*

    Ajoutez à ses Ouvrages.

    *Gilberti Porretani liber de sex Prin-
cipiis, Hermolao Barbaro Interprete.
Parisf.* 1541. *in-8°.*

    N°. 33. Ligne 1. *Velletin*, lisez,
Velletri.

JEAN BUGENHAGEN.

P. 185. Ajoutez à ses Ouvrages
les suivans.

    1. *Concordia Evangelica de Resur-
rectione & Ascensione J. C. Norimber-*

J. BUGEN-
HAGEN.

gæ 1524. *in-8°. It. Basileæ* 1525. *in-8°.*
Avec le Commentaire fur quelques
Epitres de *S. Paul*, marqué au *N°.* 11.

2. *Indices in Evangelia Dominicalia. Witteb.* 1524. *in-8°.*

3. *Postilla in Evangelia usui temporum & sanctorum totius anni servientia. Witteb.* 1524. *in-8°.*

4. *De Conjugio Episcoporum & Diaconorum ad Venerand. Doct. Wolffg. Reissenbusch Monasterii Lichtenb. Præcept. Witteb.* 1525.

5. *Oratio de iis, quæ in Psalterio, sub nomine ejus in Germania translato, leguntur. Wittemb.* 1526. *in-8°.*

6. *Pia & vere Catholica, & consentiens veteri Ecclesiæ Ordinatio Cæremoniarum pro Canonicis & Monasteriis. Hafniæ* 1537. *in-8°.*

7. *Relatio de gestis in Dania, post reditum die* 4. *Julii ad Electorem Saxoniæ scripta. Ant.* 1541.

8. *De Infantibus in utero extinctis.* 1542.

9. *Psalterium Davidis, & integri loci sacræ Doctrinæ ex omnibus Prophetis, cum quibusdam aliis piis Canticis, Latine conversa.* 1544.

10. *De Conjugio, Adulterio, &*
Divor-

Divortio, ad Regem Daniæ. Witteb.
1545.

11. *Paßio Domini noftri Jefu-Chrifti ex IV. Evangeliftis Latino-Germanica, cum notis. Witteb.* 1546. *in*-8°.

12. *Annotationes in Johannem. Witteb.* 1546.

13. *Concio funebris in Obitum Lutheri. Witteb.* 1546. 1555. 1605. *Roftoch.* 1611. *Lipfiæ* 1647. *in* 4°.

14. *Adhortatio ad vicinos, ne adjuvent hoftes Evangelicorum. Witteb.* 1546. *in*-4°.

15. *Comment. in Prophetam Jonam, annexis utiliſſimis obfervationibus de vera pœnitentia, quam Chriftus commendat nobis in Ninivitis, & de falfa pœnitentia.* 1550. J'ai marqué cet ouvrage au N°. 6.

16. *Fragmentum de Migrationibus Gentium in Occidentis Imper. um. Francofurti* 1614.

17. *L'Epiftola ad Fideles in Anglia* a paru en Allemand l'an 1525. *Bugenhagen* ne l'écrivit, que pour apprendre aux Anglois quels étoient les fentimens de *Luther*, qui faifoit alors tant de bruit.

18. *Des Preparatifs que l'on fait pour*

Tome XX. G

J. Bugen- *la Guerre* (en Allemand) *Wittemberg.*
HAGEN.　1545.

19. *Relation de ce qui s'est passé à Wittemberg, lorsque l'Empereur Charles-Quint l'assiegea.* (en Allemand) *Wittemb.* 1547. & *Jene* 1705. *in-*8°.

20. La premiere Bible Lutherienne de la basse Saxe parut en 1533. *in-fol.* (en Allemand) par les soins de *Bugenhagen.*

21. *Le Nouveau Testament en Patois Allemand.* 1531. *in-*8°. Par les soins du même.

Voici le Jugement que M. Simon porte dans son *Histoire Critique des principaux Commentateurs de Nouveau Testament*, du travail de *Bugenhagen* sur l'Ecriture sainte. » Quoiqu'il soit
» court, & qu'il ait plutôt écrit des
» Scholies, qu'un Commentaire,
» il étoit trop prevenu des sentimens
» de ceux de sa Secte, pour donner
» quelque chose d'exact. S'il tombe
» sur quelque endroit qui ne s'ac-
» corde pas tout-à-fait avec les senti-
» mens de *Luther*, il n'oublie rien
» pour le detourner en un autre sens.
» Mais il choisit exprès les endroits
» qui lui paroissent les plus propres

» à faire des reflexions de Theologie, J. Bugen-
» où *Luther* parle plutôt que l'Ecri- hagen.
» ture. Il ajoute aussi quelquefois de
» la controverse & des digressions
» contre l'Eglise Romaine ; en quoi
» il est neanmoins plus moderé que
» *Justus Jonas* Lutherien du même
» temps.

LOUIS LE LABOUREUR.

P. 127. LE Poëme de *Charlemag-*   L. LE
ne est dedié au Prince de LABOU-
Condé, qui l'ayant reçu de son Au- REUR.
teur en lut quelque chose; après quoi
il le donna à *Pacolet*, son valet de
pied, à qui il renvoyoit ordinaire-
ment tous les livres qui l'ennuyoient.
C'est à quoi *Despreaux* a fait allusion,
lorsqu'il a dit dans son Epitre IX.
en parlant du Prince de *Condé*

 ——*Malheur au Poëte insipide, odieux,*
 Qui viendroit le glacer d'un éloge
  ennuyeux ;
 Il auroit beau crier: Premier Prince
  du Monde,
 Courage sans pareil, Lumiere sans
  seconde,

> *Ses vers jettés d'abord, sans tour-*
> *ner le feuillet,*
> *Iroient dans l'antichambre amuser*
> *Pacolet.*
> (*Brossette, Notes sur Boileau.*)

JEAN GERBAIS.

J. GER-BAIS. *P.* 139. CEt article est extrait de la Bibliotheque des Hommes illustres de Champagne, du *P. le Pelletier*, & non pas de Bourgogne, comme on l'a dit par inadvertence.

JEROSME CARDAN.

J. CAR-DAN. *P.* 234. Lig. 14. 1601. *Lisez* 1501.
P. 250. Lig. 14. 1581. *Lisez* 1561.

JACQUES EVEILLON.

J. EVEIL-LON. *P.* 302. N°. 5. J'Ai mal rapporté le titre de cet Ouvrage, qui a été imprimé bien plutôt que je ne l'ai marqué, & du vivant même de l'Au-

teur. En voici le veritable titre: *Apo-* J. EVEIL-
logia Capituli Ecclefiæ Andegavenfis LON.
pro fancto Renato Epifcopo fuo adver-
fus difputationem duplicem Joannis de
Launoy. Andegavi. 1650. *in-*8°. pp.
252. l'Auteur dit dans fa Préface que
cette Apologie paroîtroit inceffam-
ment en François, pour la fatisfaction
de ceux qui ignorent le Latin , &
Menage , dans les Notes de fa Vie de
Pierre Ayrault faifant l'Eloge d'*Eveil-*
lon , dit qu'il a fait en François l'A-
pologie du Chapitre de l'Eglife d'*An-*
gers. Cependant je ne crois pas
qu'elle ait paru en François; il fe peut
faire que *Menage* fe foit trompé ,
puis qu'il ne parle point de l'Ouvrage Latin, qui exifte inconteifta-
blement. Peut-être *Eveillon* n'a-t-il
pas eu le temps d'executer fon def-
fein par rapport à fa traduction : Ce
qui eft d'autant plus facile à croire,
qu'il mourut l'année fuivante.

GEORGE DE TREBIZONDE.

P. 328. **G**Regorii Nyffeni Myftica G. DE
N°. 4. **G**vitæ Mofaicæ enarratio TREBI-
G iij   ZONDE.

G. DE *Georgio Trapezunt. Interprete. Vien-* TREBI-*næ. Apud Joannem Gremperium & Ba-* ZONDE.*sileæ. Apud Andream Cratandrum.* 1521. *in-4°.* L'Edition de *Basle* est posterieure à celle de *Vienne,* comme *Cratander* le marque au Commencement; ainsi celle de *Vienne* ne peut être de l'an 1527.

P. 329. N°. 7. *Maittaire* cite cette édition : *Aristotelis Rhetoricorum ad Theodecteri libri tres, Latine, Georgio Trapez. Interprete; & Rhetorices ad Alexandrum liber unus à Francisco Philelpho in Latinum versus. Paris. Simon Colines.* 1530. *in-8°.*

P. 334. N°. 27. *Maittaire* marque une édition de cette Rhetorique faite à *Milan* en 1493. *in-fol.*

P. 337. N°. 32. Voilà quelques autres éditions de la Dialectique de *George. Paris. Simon Colines* 1532. *in-8°.* It. *Chez le même* 1534. *in-8°.* It. *cum Scholiis per Joannem Neomagum. Paris. Fr. Gryphius.* 1535. *in-8°.*

ADRIEN BEVERLAND.

P. 341. L'Ouvrage *Vox Clamantis* A. BEVER-
in *diferto in-*12. eft rap- LAND.
porté dans la Bibliotheque de *Huls*,
avec celui *de Fornicatione Cavenda.*
Ce qui peut faire croire qu'il a été
imprimé.

Nous lifons dans les Faftes de
l'Univerfité d'*Oxford* que *Beverland*
alla dans cette ville en 1672. pour
être à portée de confulter la fa-
meufe Bibliotheque de l'Univerfité;
qu'il s'y fit recevoir enfuite Docteur en Droit ; mais qu'ayant publié des Ouvrages obfcenes, il en
fut chaffé.

EDME BOURSAULT.

P. 364. J'Ai mal intitulé le livre E. BOUR-
qu'il fit pour l'éducation SAULT.
de M. le Dauphin, *l'Education des*
Souverains. Son veritable titre eft celui que j'ai marqué à la p. 380. *N°.* 5.

G iiij

CHANGEMENS , CORRECTIONS
& Additions.

Pour le Tome quinziéme.

CHRISTOPHE PERSONA.

C. PER-SONA. *P.* 4. *N°.* 1. OUtre l'édition de la Version du Traité d'*Origene contre Celse*, que j'ai marquée, il y en a une autre de *Venise* de l'an 1514. *in-fol.*

Ib. N°. 2. *Maittaire* marque une édition de la Version de *Precope* par *Persona*, faite à *Rome, per Joannem Besickem Alemannum* 1506. *in-fol.* & une de celle d'*Agathias* faite dans la même ville, *apud Jacobum Mazochium* 1516. *in-fol.*

HENRI DE MONANTHEUIL.

H. DE MONAN-THEUIL. *P.* 46. SA femme s'appelloit *Jeanne de Marcés.* (*Menage. Rem. sur la vie de Pierre Ayrault p.* 254.

GUILLAUME CAOURSIN.

P. 147. C E discours a été impri-
N°. 8. mé la même année
1485. *in-fol.* sans nom de ville.

ALBERIC GENTILIS.

P. 25. L 'Article qu'*Antoine Wood*
a donné d'*Alberic Gentilis*
dans son *Athenæ Oxonienses* tom. 1. p.
367. & que je n'avois point vû, lorsque j'ai dressé son article , me four-
nit plusieurs additions & corrections
importantes.

Il naquit à *Castello di san Genesio*
l'an 1551. & se fit recevoir en Droit
à *Perouse* en 1572. âgé de 21. ans.

Etant allé à *Londres* , il y trouva
de la protection ; & *Robert Dudley* ,
Comte de *Leicester* , Chancelier de
l'Université d'*Oxford* , s'étant rendu
son patron , lui accorda des Lettres
datées du 24. Novembre 1580. pour
y être reçu. Il alla donc à *Oxford* ,
où *Daniel Donne* , Principal du Colle-

ge neuf, lui donna un logement dans
ce College & lui procura non feulement quelques fecours de differentes perfonnes , mais encore une penfion de fix livres treize fols quatre
deniers, monnoye d'Angleterre, que
l'Univerfité lui accorda à fa follici-
tation.

A la fin de la même année il fut
incorporé à la Faculté de Droit de
cette Univerfité , & demeura encore
quelques années dans le College
neuf, occupé à compofer differens
ouvrages.

En 1587. & non pas en 1582. comme je l'ai marqué , la Reine *Elizabeth* lui donna une chaire de Pro-
feffeur en Droit Civil, à *Oxford* ,
qu'il a remplie pendant 24. ans.

Il mourut au commencement de
l'année 1611. c'eft adire à la fin de
Mois de Mars, ou au commencement d'Avril, âgé de 60. ans. Ainfi
la date que j'ai fuivie, & que j'ai
prife de *Kœnig*, eft fauffe.

Cet Auteur ajoute que *Gentilis*
mourut à *Londres* & fut enterré au-
près de fon Pere. Il eft vrai qu'il
l'avoit ainfi ordonné par fon tefta-

ment daté du 14. Juin 1608. dont A. GEN-
Wood dit avoir vû une copie ; mais TILIS.
on ne sçait où son pere mourut & fut
enterré. Ce qu'il y a de sûr, c'est
qu'*Alberic Gentilis* est mort à *Oxford*,
& qu'il y a été enterré, sans qu'on
sçache precisement en quel endroit.

Il laissa une veuve, nommée
Esther, qui se retira à *Rickmansworth*
dans le Comté d'*Hertford*, où elle
mourut en 1648.

Ajoutez à ses Ouvrages les suivans.

*Legalium Comitiorum Oxoniensium
actio. Londini.* 1585. *in*-8°.

*De injustitia bellica Romanorum actio.
Oxonii* 1590. *in*-4°. Il y a à la tête une
Epitre dedicatoire à *Robert*, Comte
d'*Essex*, dans laquelle l'Auteur dit
qu'il se disposoit à faire imprimer
*Defensio Romanorum & disputatio de
ipsorum justitia bellica*; mais *Wood* dit
qu'il ne sçait si cet ouvrage a paru.
Ne seroit-ce point celui qu'il publia
depuis *De Armis Romanis* ?

*Ad Joan. Rainoldum de Ludis Sce-
nicis Epistolæ duæ. Middelb.* 1599. *in*-
4°. It. *Oxonii.* 1629. *in*-4°. A la suite
d'un Ouvrage Anglois intitulé : *Le*

A. GEN-
TILIS.

Renverſement de Pieces de Theatre,
par une diſpute entre Guillaume Gager
& Jean Rainold , où l'on refute toutes
les raiſons qu'on peut apporter en leur
faveur.

Diſcours des Mariages par Procureur.
(en Anglois) *Wood*, qui parle de
cet Ouvrage , n'en marque point la
date.

P. 31. *Robert Gentilis*, fils d'*Albe-*
ric , a auſſi ſon article dans l'*Athenæ*
Oxonienſes tom. 2. p. 190. J'en tranſ-
crirai ici les principales particularités.

Il naquit à *Londres* l'an 1590. fut
reçu Membre du College du *Corps*
de Chriſt à *Oxford* le 19. Avril 1599.
dans la neuviéme année de ſon âge,
paſſa enſuite à celui de *Jeſus*, où il
fut fait Bachelier ès Arts au commencement de Juillet de l'an 1603.
fut transferé auſſitôt après au College de *S. Jean* , & enſuite en 1607.
à celui de *toutes les Ames*. Il étudia
en Droit dans ce dernier , & s'y fit
recevoir Bachelier en cette Faculté le
16. Novembre 1612. Mais il donna
enſuite dans la debauche , & après
avoir mangé non ſeulement tout ce

que son pere lui avoit laissé, mais A. GENa encore tout ce qu'il put tirer de sa TILIS. mere, il alla voyager dans les Pays étrangers.

Les reflexions que la misere lui firent faire, le changerent peu à peu; & revenu en Angleterre, il y mena une vie fort rangée & se donna de nouveau au travail. Il obtint une pension du Roi, & traduisit en Anglois quelques ouvrages écrits en Italien, ou en François. Outre les deux que j'ai marqués, & qu'il a traduits de cette derniere langue, il a traduit de la premiere les suivans.

L'Histoire de l'Inquisition, traduite de l'Italien de Fra-Paolo. Londres. 1639. in-4°.

Histoire des principaux Evenemens de la Monarchie d'Espagne, & de la revolte des Catalans, traduite de l'Italien de Virgilio Malvezzi. Londres 1639. in-12.

Considerations sur les vies d'Alcibiade & de Coriolan, trad. de l'Italien du même Malvezzi. Londres 1650. in-12.

ULRIC DE HUTTEN,

U. DE P. 262.
HUTTEN. N°. 1.

ARs *versificatoria, Paris. Robert. Stephanus.* 1526. *in-8°.* —— *Roberti Vallensis Ruglensis Commentarius in Artem Versificatoriam Huld. Hutten. Paris.* 1541. *in-8°.*

P. 269. N°. 13. *Epistola ad Biliba-dum Pirckheimerum , de vitæ suæ ratio-ne. Augustæ Vindel.* 1518. *in-4°.* Ce que j'ai dit après l'Auteur de sa vie, que cette lettre n'avoit été imprimée qu'en 1610. est donc faux.

P. 284. *Dialogi: Fortuna, Febris prima; Febris secunda , Trias Roma-na, Inspicientes. in-4°.* sans date. Mais la Preface de *Hutten* est adressée *ad Chunradum Episcopum nuper factum Wiceburgensem & Francorum Ducem, data ex specula Huttenica Steckelbergk Cal. Januariis an.* 1520. Ce qui fait voir que cette édition a été faite cette année. Ainsi c'est une faute d'avoir mis. 1620.

SEBASTIEN LE NAIN
DE TILLEMONT.

P. 323. L'Histoire de *Tertullien* & d'*Origene* est d'un seul Auteur, savoir M. *Thomas du Fossé*, qui a pris le nom supposé du sieur de *la Motte*. Cette histoire est en un seul volume *in=fol.* (M. l'Abbé *Goujet*.)

S. LE N.
DE TILLE-
MONT.

P. 324. Le traducteur de *S. Cyprien* est *M. Lombert*. (*Id.*)

M. de Tillemont est encore Auteur des Notes qui sont au bas de la Lettre de M. *Arnauld* contre le recit que fait *Hegesippe* de la mort de S. *Jaques* de *Jerusalem*. Cette Lettre & ces notes se trouvent à la p. 527. & suiv. du tome 8e. des Lettres de M. *Arnauld.* (*Id.*)

P. 326. *N°.* 4. L'Ouvrage cité ici est ainsi intitulé: *Lettre de M. le Nain de Tillemont au R. P. Armand Jean Bouthillier de Rancé Abbé de la Trappe, & les Reponses de cet Abbé : avec un discours preliminaire, des Eclaircissemens sur les faits qui y sont rapportés & plusieurs Lettres & pieces justifi-*

S. LE N-
DE TILLE-
MONT.

catives. *Nancy. Joseph Nicolai.* 1705.
*in-*12. pp. 167. Ce doit être apparemment une nouvelle édition de
la Lettre marquée dans la *Republique des Lettres*, où la citation de ce
livre n'est pas exacte. (M. l'Abbé
Goujet.)

P. 328. Le Secretaire de M. *de Tillemont*, qui est aujourd'hui Chanoine
de *Laval*, se nomme *Tronchay*, &
non pas *Tronchet*.

PIERRE CORNEILLE.

P. COR-
NEILLE.

P. 368. IL faut suppléer ici à ce
que j'ai mis touchant
les differentes pieces qui furent faites à l'occasion du *Cid* de *Corneille*.

Scudery ayant publié en 1637. ses
*Observations sur le Cid. in-*8°, un Auteur anonyme y repondit par une
brochure *in-*8°. sous ce titre : *la Defense du Cid.* Quelques-uns crurent
qu'elle étoit de *Corneille*, mais il
assura positivement le contraire dans
une courte reponse qu'il fit lui-même, sous le titre de *Lettre Apologetique du sieur Corneille contenant sa Reponse*

ponse aux observations faites par le sieur   P. Cor-
Scudery *sur le Cid.* 1637. *in-*8°. *pp.* 6. NEILLE.

Scudery pour y repliquer adressa
une *Lettre à l'Illustre Academie.* (C'est
à-dire l'Academie Françoise) *Paris.*
1637. *in-*8°. *pp.* 11. Il y invitoit
l'Academie à examiner la piece de
Corneille, & à lui rendre justice sur
le procedé de ce Poëte, qui l'accusoit d'avoir cité à faux ; ce qu'il étoit
prêt de refuter, comme il le fit ef-
fectivement dans un écrit intitulé :
La preuve des Passages allegués dans les
observations sur le Cid. Paris 1737. *in-*
8°. *pp.* 14.

Dans ces entrefaites il parut un
petit Ouvrage en faveur de *Corneille*
sous ce titre : *La voix publique, à M.*
de Scudery, sur les observations du Cid.
*in-*8°. D'un autre côté un assez mauvais Poëte, nommé *Claveret*, irrité
de ce que *Corneille* dans sa lettre A-
pologetique l'avoit cité d'une maniere meprisante, en disant à *Scu-*
dery : Il n'a pas tenu à vous que du
premier lieu où beaucoup d'honnêtes gens
me placent, je ne sois descendu au des-
sous de Claveret : Ce poëte, disje,
publia une *Lettre au Sr. Corneille* soy-

P. Cor-
neille.
difant *Auteur du Cid. Paris* 1637. *in-8°.*
pp. 15. Il s'y deffend d'être l'Auteur
d'une petite piece de vers qui avoit
paru quelque temps auparavant *in-8°.*
fous ce titre : *L'Auteur du vrai Cid*
Espagnol, à *fon Traducteur François*,
fur une Lettre en vers qu'il a fait impri-
mer, intitulée : Excufe à Arifte ; où
après cent traits de vanité, il dit de foy-
même ;

Je ne dois qu'à moi feul toute ma re-
nommée.

Corneille oppofa à ces écrits une
Lettre qu'il intitula : *l'Amy du Cid*, à
Claveret. in-8°. & dans laquelle il
turlupina fort ce Poëte.

Rotrou fe mit alors fur les rangs,
& pretendit rendre juftice au merite
de M. *Scudery* & de M. *Corneille* dans
une piece fort courte qu'il donna fous
ce titre : *L'inconnu & Veritable Ami*
de Meffieurs de Scudery & Corneille.
in-8°. pp. 7.

Mayret vint auffi à la traverfe, &
attaqua Corneille de gayeté de cœur,
en publiant une *Lettre* à * * * *fous le*
nom d'Arifte. in-8°. pp. 8. C'eft une
critique emportée, mais fort generale.

Corneille fans faire attention à l'é- **P. COR-**
crit de *Mayret*, continua fes turlu- NEILLE.
pinades contre *Claveret* par une Lettre qu'il intitula : *Reponfe de * * **
*à * * * fous le nom d'Arifte. in-8°.* Elle
fut fuivie d'une feconde, qui parut
fous ce titre : *Lettre pour M. de Cor-*
neille, contre ces mots de la Lettre fous
le nom d'Arifte; Je fis donc refolution
de guerir ces Idolatres. in-8°.

On y a ajoûté depuis une traduction de l'Epigramme 83 du liv. 9e.
de *Martial*, qui regarde *Claveret* feul.

Les vers de ce grand Cid que tout le
    monde admire,
Charmans à les entendre, & char-
    mans à les lire,
Un Poëte feulement les trouve irre-
    guliers :
Corneille moque toi de fa jaloufe en-
    vie.
Quand le feftin agrée à ceux que l'on
    convie
Il importe fort peu qu'il plaife aux
    Cuifiniers.

Ce dernier mot tombe fur *Claveret*,
qui étoit *Sommelier dans une mediocre*

P. COR-
NEILLE.

Maison, comme *Corneille* le dit dans cette derniere lettre.

Mayret ne lâcha pas prife contre *Corneille*, il publia un *Difcours à Cliton fur les Obfervations du Cid*; avec un *Traité de la difpofition du Poeme Dramatique*, & de la *pretendue regle des vingt-quatre heures. Paris* in-8°. *pp.* 103. Il ne mit pas fon nom à ce difcours; mais il le mit à l'Ouvrage fuivant, qui le fuivit de près. *Epitre familiere du Sieur Mayret au Sieur Corneille fur la Tragi-Comedie du Cid.* Avec une *Reponfe à l'Amy du Cid fur fes invectives contre le Sieur Claveret. Parif.* 1637. *in-8°. pp.* 38.

Un Auteur anonyme auffi peu ami de *Corneille*, que *Mayret*, compofa alors *Le fouhait du Cid en faveur de Scudery*; titre auquel il joignit cet autre furnumeraire: *Une Paire de Lunettes pour faire mieux fes obfervations.*

Corneille, fans fe nommer, fit tomber toutes ces Critiques par une *Lettre du Defintereffé au Sieur Mayret, in-8°.* où il ne ceffe point de bafouer le pauvre *Claveret*.

Il y a bien du verbiage & peu de folidité & de bonne critique dans toutes ces pieces. Une des meilleures, qui ait paru, eft celle qui a pour ti- tre : *Le Jugement du Cid, Compofé par un Bourgeois de Paris, Marguillier de fa Paroiffe.* in-8°. pp. 16.

FRANÇOIS GENET.

P. 398. ON pouvoit s'étendre davantage fur cet Au- teur. Par exemple, on dit qu'il fut arrêté & conduit à l'Ifle de *Ré.* Mais il n'alla pas d'abord dans ce lieu. Il fut conduit premierement au *Saint-Efprit*, enfuite à *Nifmes*, & de là dans l'Ifle de *Ré.* (M. l'Abbé *Goujet.*)

P. 400. On parle d'une traduction de la *Morale de Grenoble* en Latin faite par l'Auteur même, & impri- mée à *Paris* après fa mort & enfuite en Italie. Ne confond-t'on point ? Il eft fûr que feu *Michel Morus*, mort Principal du College de *Navarre* à *Paris*, traduifit la *Morale de Greno-ble* en Latin, étant à *Montefiafcone*, où cette traduction fut imprimée, en 1702. & le Traducteur la dedia au Pape *Clement XI.* (*Id.*)

❦❦❦❦❦❦❦❦❦❦

CHANGEMENS, CORRECTIONS *& Additions.*

Pour le Tome seizième.

FREDERIC TAUBMAN.

F. TAUB- *P. 6.* ON a recueilli une partie
MAN. de ses saillies dans un ouvrage intitulé : *Taubmanniana. Lipsiæ*
1703. *in-8°.*

JEAN RENAUD DE SEGRAIS.

J. R. DE *P. 19.* C'est en 1712. que sa tra-
SEGRAIS. duction des Georgiques
de *Virgile* a paru par les soins de M.
Parey sieur du Fresne. (M. l'Abbé
Goujet.)

BLAISE DE VIGENERE.

B. DE VI- *P. 28.* LA date de sa mort est mar-
GENERE. quée dans le Journal du

Regne de *Henri IV.* en ces termes. B. DE VI-

» Le Lundi 19 Février 1596. mou- GENERE.
» rut à *Paris* en fa maifon *Blaife de*
» *Vigenaire* âgé de 75 ans, d'une ma-
» ladie fort étrange. Car il lui fortit
» un Chancre du corps, qui lui gagna
» de telle façon la bouche, que non-
» obftant tous les rémedes des Mede-
» cins & Chirurgiens, il demeura
» fuffoqué faute de refpiration. Il
» étoit homme très-docte, mais vi-
» cieux.

P. 37. *L'Aiguillon de l'Amour divin de S. Bonaventure traduit par Blaife de Vigenere. Paris* 1588. *in-*12. C'eft la premiere édition. It. *Lyon* 1600. *in-*16. It. *Avec le Mépris du Monde du même Saint, traduit par M. D'Efne. Douay.* 1605. *in-*12.

Les Lamentations de Jeremie en vers libres par le même de *Vigenere*, ont été imprimées, mais fans annota-tions à *Paris* en 1588. *in-*12.

ANTOINE VALLISNIERI.

P. 88. A Joutez à fes Ouvrages. A. VAL-
Une Lettre Latine fur LISNIERI,

la voix des Eunuques, inferée dans
le 7e. tome de la *Bibliotheque Italique*
p. 124. Elle est datée de *Padoüe* le
1 Septembre 1729. & adressée à *Jaques Vernet*, qui l'avoit consulté sur
cette matiere.

JEAN ROTROU.

J. Ro-
TROU.

P. 97. **A**Joutez à ses Ouvrages.
*L'Inconnu & veritable
Ami de Messieurs de Scudery & Corneille* (1631.) *in*-8°. *pp.* 7. J'ai parlé
de cet écrit ci-dessus dans l'article
de *P. Corneille.*

CLEMENT MAROT.

C. MA-
ROT.

P. 132. **A**Joutez aux Editions de
ses Poësies que j'ai mar-
quées, deux autres de l'an 1529. l'une
de *Lyon* chez *de Tournes in*-8°. l'autre de *Paris* chez *G. Corrozet. in*-24.
P. 143. Les Pseaumes de *Marot*
ont été imprimés avec le Privilege
du 19 Octobre 1561. à *Lyon* en 1562.
in-16.

PHILIPPE GOIBAUD DU BOIS.

P. 167. ON donne à M. *du Bois* P. G. DU
le Difcours fur les Pen- BOIS.
fées de M. *Pafcal*, & celui fur les
Livres de *Moyfe*. Mais un ami particulier de feu M. de *la Chaife*, Auteur de l'*Hiftoire de S. Louis*, m'a dit
que ces deux Difcours étoient de cet
Hiftorien. (M. l'Abbé *Goujet*.)

THOMAS SYDENHAM.

P. 209. CEtte Methode a été tra- T. SY-
N°. 1. duite en François par DENHAM.
M. *Devaux*, & imprimée avec fa traduction de l'*Abregé de toute la Mede-
cine pratique d'Allen. Paris* 1728. *in*-12.

JEAN SECOND.

P. 242. AJoutez à fes Ouvrages. J. SE-
Nænia in mortem V. COND.
*Cl. Thomæ Mori; Autore Joanne Se-
cundo, falfo ante hac D. Erafmo Roter.*
Tome XX. I

J. Se-
COND.

adfcripta, *ac depravatiſſime edita. Lo-*
vanii. 1536. Menſe Decembri. in-4°.
pp. 12. Cette piece de vers avoit déja été imprimée en Allemagne, mais
fort peu correcte, & on y avoit omis
pluſieurs choſes. *Jean Second* n'avoit
pas voulu la publier, parce qu'il y
parle avec beaucoup de vivacité contre le Roy d'Angleterre *Henri VIII.*
C'eſt ſon frere *Adrien-Marius* qui
l'a fait imprimer.

NICOLAS GRUDIUS.

N. GRU-
DIUS.

P. 265. ON voit par le Recueil
de ſes Poeſies, qu'il
avoit étudié en 1533. à *Boulogne* ſous
Romulo Amaſeo, qui y enſeignoit les
langues Gréque & Latine, & qu'il
eut deux femmes; la premiere nommée *Anne Cobel* de *la Haye,* qui
mourut à *Guadalajara* en Eſpagne
l'an 1534. & la ſeconde appelle *Jeanne Moys,* qu'il vit auſſi mourir.

J'ai une édition de ſes Poeſies,
qui a pour titre.

Poemata & effigies trium fratrum
Belgarum, Nicolai Grudii, Hadriani

Marii, Joannis Secundi. Ad Joannis N. GRU-
Secundi Reginæ Pecuniæ Regiam ac- DIUS.
*ceſſit Luſchi Antonii Vicentini Domus
Pudicitiæ & Dominici Lampſonii Brug.
Typus vitæ humanæ. Lugd. Bat.* 1612.
*in-*8°. C'eſt *Bonaventure Vulcanius*
qui a eu ſoin de cette édition, dans
laquelle il n'y a de *Jean Second* que
Reginæ Pecunia Regia. Toutes les Poeſies de *Grudius* n'y ſont pas non plus,
l'Editeur n'y ayant point fait entrer
celles que j'ai marquées aux 4 premiers *N°.* de ſon article.

FLAVIO BIONDO.

P. 279. ROma Triumphans. Bri- F. BION-
xiæ. 1482. in-fol. DO.
Roma inſtaurata. Veronæ. 1482. *in-
fol.* Ces Editions ſont marquées par
Maittaire.

JEAN OWEN.

P. 301. LEs Epigrammes d'*Owen* J.OWEN.
ont été auſſi traduites
en Eſpagnol: *Agudezas de Juan*

Owen traduzidas por Fr. de la Torre.
Madrit. 1674. & 1682. in-4°. 2 vol.

ONUPHRE PANVINI.

O. PAN-
VINI.

P. 335.
N°. 10. Opuscule d'*Onuphrius Pan-*
vinius, de l'honneur fait
par les anciens & premiers Chrétiens
aux Corps Saints & Reliques des Martyrs, & de leurs Cimetieres. *Arras.*
1613. *in-8°.*

PHILIPPE SYLVESTRE
DU FOUR.

P. S. DU
FOUR.

P. 364.
N°. 9. Traitez nouveaux &c. La
1e. édition est de l'an
1674. Celle de 1684. est augmentée
considerablement par *du Four* lui
même. C'elle de *la Haye* l'est aussi,
mais par une autre main. (M. l'Abbé *Goujet.*)

BALTHASAR BONIFACIO.

P. 374. **A** Joutez à ſes Ouvrages.
Muſarum liber XXV. B. BONI-
Urania ad Dn. Molinum cum 21. *fig.* FACIO.
emblematicis curioſis. Venetiis. 1628.
*in-*4°.

Lettere Poetiche. In Venetia. 1622.
*in-*4°.

JOACHIM DU BELLAY.

P. 394. **A** Joutez au Catalogue de J. DU
ſes Ouvrages les Edi- BELLAY.
tions ſuivantes.
Ampliſſimi cujuſdam viri Epiſtola ad
Franciſcum Lotharingium Ducem Gui-
ſianum, cui addita eſt Elegia Joachimi
Bellaii, cum aliquot ejuſdem Epigram-
matis. Pariſ. 1558. *in-*4°.

Joachimi Bellaii Poematum libri qua-
tuor, quibus continentur Elegia, Amo-
res, varia Epigrammata, Tumuli. Pa-
riſ. 1558. *in-*4°.

Le premier livre des Antiquités de
Rome, & un ſonge ſur le même ſujet.

J. DU
BELLAY.

Paris 1558. *in*-4°. It. *Paris* 1662. *in*-4°.

Tumulus Henrici II. per Joa. Bellaium; Idem Gallice totidem verfibus expreſſus per eundem. Acceſſit & ejuſdem Elegia. Pariſ. 1559. *in*-4°. It. *Ibid.* 1561. *in*-4°.

Les Regrets & autres Oeuvres Poetiques de Joachim du Bellay. Paris 1559. *in*-4°. It. *Ibid.* 1565. *in*-4°.

Entreprife du Roy-Dauphin pour le Tournoy. Paris 1559. *in*-4°.

Hymne au Roy fur la prife de Calais. Paris 1559. *in*-4°.

Difcours au Roy fur la Treve de l'an 1555. *Paris* 1559. *in*-4°.

Divers jeux ruftiques & autres œuvres Poetiques de Joachim du Bellay. Paris 1560. *in*-4°.

La défenfe & illuftration de la langue Françoife, avec l'Olive, la Mufagnæomachie, l'Anterotique, Vers Lyriques &c. Paris 1561. *in*-4°.

La Monomachie de David & Goliath, avec plufieurs autres Oeuvres Poetiques. Paris 1561. *in*-4°.

Le 4e. *&* 5e. *Livres de l'Eneide de Virgile, avec la Complainte de Didon à Enée prife d'Ovide, la mort de Palinure du* 5e. *de l'Eneide, l'Adieu aux*

Muſes du Latin de Buccanan, trad. en J. DE
François par Joachim du Bellay. Paris BELLAY.
1561. in-4°.

Epithalame ſur le Mariage de Phi-
libert Emmanuel Duc de Savoye &
Marguerite de France Ducheſſe de Ber-
ry; & entrepriſe du Roy-Dauphin pour
le Tournoy. Paris 1561. in-4°.

Recueil de Poëſie. Paris 1561. in-4°.

Ode ſur la Naiſſance du petit Duc
de Beaumont. Paris 1561. in-4°.

P. 400. On a dit que ſes Poëſies
Latines ſont contenues dans le Recueil imprimé en 1569. in-4°. chez
Fred. Morel ſous ce titre: *Xenia &*
alia carmina. Cela n'eſt pas exact, le
volume *in-4°.* imprimé en 1569. chez
Frederic Morel ne contient que *Xe-*
nia, ſeu illuſtrium quorumdam Nomi-
num alluſiones. Avec une Elegie *ad*
Janum Morellum.

✠✠✠✠✠✠✠✠✠✠✠

CHANGEMENS , CORRECTIONS
& Additions.

Pour le Tome dix-septiéme.

HENRI CORNEILLE AGRIPPA.

H. C. A-
GRIPPA. **P. 17.** ON pouvoit nommer celui à qui il a écrit sa
Lettre du 21. Octobre 1526. C'est
*Jean Chapelain, Physicien, ou Me-
decin de François I.* (M. l'Abbé Goujet.)

P. 20. Il y a une autre édition de
la traduction de *Turquet*, qui a pour
titre : *Paradoxe sur l'incertitude, vanité & abus des Sciences &c.* 1605. *in-*
12. sans nom de lieu.

P. 26. Le Traducteur du petit
Traité d'*Agrippa, de la Grandeur &
Excellence des Femmes au-dessus des
Hommes,* imprimé en François en 1713.
à *Paris* chez *Babuty*, est Mr. *d'Ar-
naudin,* neveu du Docteur de ce
nom , mort avant l'âge de 28 ans ; il
étoit dans l'Etat Ecclesiastique, son

oncle eſt mort depuis Chanoine du H. C. A-S. Sepulchre à *Paris.* (M. l'Abbé GRIPPA. Goujet.)

P. 30. Aprés ces mots (ligne 2.) *qui ne ſont point parmi ſes œuvres imprimées*, on peut ajouter. Il avoit encore promis un Commentaire ſur ſes livres de la Philoſophie occulte ; un Traité de la Pyromachie, qu'il dit dans une lettre du 10. Octobre 1526. & dans la dedicace de ſon livre de la vanité des Sciences, avoir fort avancé. *Jean Roger* dans une Lettre écrite à *Agrippa* en 1526. parle auſſi d'un Traité de la Steganographie de cet Auteur. (*Id.*)

P. 32. Ajoutez à ceux qui ont parlé d'*Agrippa J. G. Schelhorn* dans ſes *Amœnitates Litterariæ Tom.* 2. *p.* 554. On y trouve une longue vie d'*Agrippa*, qui ſert de ſupplement à ce que *Bayle* a omis touchant cet Auteur, ou à ce qu'il n'a touché que legerement.

CHRISTOPHE DE LONGUEIL.

C.
DE LON-
GUEIL.

P. 38. CE n'eſt point en 1532. qu'il eſt mort, comme on a mis par inadvertance, mais en 1522.

GILBERT DE LONGUEIL.

G.
DE LON-
GUEIL.

P. 45.
Nº. 8. LE Concile de *Nicée* dont il eſt parlé ici, eſt le ſecond de cette ville, & le 7ᵉ. Oecumenique.

DENIS GODEFROY.

D. Go-
DEFROY.

P. 50. ON a omis une circonſtance, qui meritoit d'être rapportée; c'eſt qu'en 1618. l'Electeur Palatin l'envoya à *Louis XIII.* qui lui donna de grandes marques d'eſtime, & lui fit preſent de ſon portrait & d'une Medaille d'or. (M. l'Abbé *Goujet.*)

JEAN SAVARON.

P. 87. ON met la premiere édition qu'il a donnée de *Sidonius Apollinaris* en 1608. *in-8°.* J'en ai une revue & corrigée par ce Savant, qui eſt de l'an 1598. *in-8°.* à *Paris* chez *Adrien Perier, dans la Boutique de Plantin.* Cette édition eſt ſans notes. (M. l'Abbé *Goujet.*)

J. SA-VARON.

FRANÇOIS GUICHARDIN.

P. 106. ON pouvoit ajouter à ce qu'on dit de l'Hiſtoire de *Guichardin,* que *Jean-Baptiſte Adriani* ſon Concitoyen l'a continuée depuis 1536. juſqu'en 1574. en *Italien* 2 *vol. in-4°.* Cette continuation eſt eſtimée. (*Id.*)

F. GUI-CHARDIN.

JAQUES SIRMOND.

P. 155. DU *Maurier* dans ſes *Memoires de Hollande*

J. SIR-MOND.

J. SIR-
MOND.
p. 437. parle ainſi du *P. Sirmond* :
» M. *Grotius* m'a dit avoir oui aſſu-
» rer au *P. Sirmond*, qu'il étoit allé
» à *Rome* grand Ligucur, mais
» qu'ayant appris là les artifices de la
» Ligue, il en étoit revenu Roya-
» liſte.

GENTIEN HERVET.

G. HER-
VET.
P. 189. ON a omis qu'il fut
Grand Vicaire de *Jean
de Hangeſt* Evêque de *Noyon*, & de
Jean de Morvilliers Evêque d'*Orleans*.

JAQUES PHILIPPE FORESTA,

J. P. Fo-
RESTA.
P. 221. ON met une édition de
ſa Chronique à *Nu-
remberg* en 1593. Il faut mettre 1493.

JEAN BARCLAY.

J. BAR-
CLAY.
P. 296. L'*Argenis* de *Barclay*. Traduction nouvelle. Par M.
l'Abbé *Joſſe*, Chanoine de *Chartres*.

Chartres 1732. *in*-12. 3 *volumes.* L'Auteur de l'*Argenis*, au jugement de M. *Joſſe*, doit tenir parmi les Romanciers le rang que *Tacite* tient parmi les Hiſtoriens. On trouve ſelon lui, dans *Barclay*, comme dans *Tacitée* ce tour vif & ſenſé, qui fait entendre plus de choſes qu'il ne dit ; on y remarque encore la même ſagacité à penetrer dans le cœur des hommes, la même force à peindre leurs vices, & la même habileté à developper les intrigues d'un cœur ambitieux & corrompu. On ne peut douter que ce Roman ne ſoit allegorique. L'Auteur, témoin des horreurs de la Ligue, & vivement penetré des maux qu'elle avoit cauſés à la France, entreprit cet ouvrage pour detromper la multitude toujours diſpoſée à ſe declarer en faveur de ceux qui ſous le voile de la Religion, ou le pretexte ordinaire du bien public, ſacrifient le repos de leur Patrie à leur haine ou à leur ambition. Mais dans la crainte de ſe rendre odieux, & par conſequent inutile à ceux là même qu'il vouloit inſtruire, il a caché ſon veritable deſſein ſous l'en-

J. BARCLAY.

J. BAR-CLAY.

veloppe d'une fable ingenieuse, rem-plie d'évenemens extraordinaires, de guerres interessantes, d'amours heroiques, & soutenue par une nar-ration embellie de frequentes des-criptions & de differens morceaux de Poësie. Ce même motif l'a obligé de charger ses portraits de maniere, qu'il s'y rencontre plusieurs traits qui ne ressemblent point, & qui ne peuvent convenir à la plûpart de ceux d'après qui il les a tirés. On lui a reproché la dureté & l'affectation de son stile, mais ces défauts ne se trouvent point dans la traduction de M. *Josse*, dont le stile est vif & élegant.

P. 298. Le *P. le Cerf*, dans la dé-fense de sa Bibliotheque a corrigé ainsi ce que j'ai rapporté de cette Bi-bliotheque. » En 1669. le *P. Bugnot* » publia le second volume de *l'Ar-* » *genis* de *Barclay*. Il ne le commen-» ta pas, ainsi qu'avoit fait l'Editeur du premier volume.

✧✧✧✧✧✧✧✧✧✧✧✧✧✧✧✧✧✧✧✧

CHANGEMENS, CORRECTIONS *& Additions.*

Pour le Tome dixhuitiéme.

JEAN RACINE.

P. 30. ON a oublié sa traduction en vers François du *Sant- olius Pœmitens.* Elle se trouve dans le 2ᵉ. volume des Oeuvres de M. de *Santeuil* p. 301. de l'Edition de 1729. Cette piece a été aussi traduite par l'Abbé *Faydit,* & sa traduction se trouve au même endroit. (M. l'Abbé *Goujet.*)

ANTOINE GODEAU.

P. 86. CEt Ouvrage fut fait à **Nº. 46.** l'occasion de la Paix des Pyrenées. La 2ᵉ. édition qui est de l'an 1698. & non 1697. fut donnée à l'occasion d'une autre Paix faite alors recemment. (M. l'Abbé *Goujet.*)

A. Go-
DEAU.

P. 88. La *Morale Chrétienne* fut
composée en 1686. & achevée en 1687.
L'intention de M. *Godeau* étoit d'op-
poser ce corps de Morale, à celle qui
avoit été inserée dans l'Apologie des
Casuistes, qui venoit d'être con-
damnée, & dans plusieurs autres
Ecrits semblables. Mais cet Ouvrage étoit très imparfait, lorsqu'il sortit des mains de l'Auteur, & il fut
remis entre celles de M. *Arnauld*,
qui y fit un grand nombre de corrections & de changemens, comme
il le dit lui-même dans plusieurs de
ses Lettres tome 5e. du Recueil en
8 vol. & sur tout dans la 369e. qui
est toute entiere sur ce sujet. Cette
morale a eu dans la suite d'autres
Examinateurs, avant que d'être
donnée au Public. J'ai les corrections que M. l'Evêque de *Sisteron*
donna en 1708. pour l'usage de son
Diocese. Elles sont plus severes que
celles qui furent faites vers le même
temps par plusieurs Docteurs de Sorbonne, que le feu Roi avoit nom-
més pour l'examen & la correction
de cette morale. Enfin c'est aprés
avoir été bien des fois retouchée &
rema-

remaniée, que cet Ouvrage a vû le jour en 1709. (*Id.*)

A. GO-
DEAU.

No. 55. L'*Abregé des Maximes* &c. n'a point été traduit par M. *Godeau* Evêque de *Vence*; mais par M. *Godeau*, ancien Recteur de l'Université de *Paris*, qui est actuellement Curé de *S. Cosme*. Il y a, à la verité à la tête l'Eloge de D. *Barthelemi des Martyrs*, par M. *Godeau* Evêque de *Vence*; mais c'est tout ce qu'il y a de lui. M. l'Abbé d'*Olivet* y a été trompé le premier.

ISAAC CASAUBON.

P. 137. L'Edition des Caracteres de *Theophraste* de l'an 1612. n'est pas la seconde, mais la troisiéme, comme porte le titre.

I. CA-
SAUBON.

P. 138. No. 12. L'Edition de *Suetone* que j'ai rapportée à l'an 1595. est de 1596.

Tome XX.

K

ANDRÉ VALLADIER.

A. VAL-
LADIER.

P. 157. M. L'Abbé *Goujet*, Chanoine de *S. Jaques de
l'Hopital*, m'a écrit à l'occasion de
cet Article, une Lettre, qui renferme des chofes fi curieufes & fi
intereffantes, que je l'infererai ici en
fon entier. Voici la maniere dont
s'exprime ce favant Abbé.

Vous avez, dites vous, donné cet
Article tel que vous l'avés reçu;
mais comme vous l'avez adopté, &
que d'ailleurs je n'ai point l'honneur
de connoître celui qui vous l'a com-
muniqué, vous ne trouverez pas
mauvais que je vous adreffe à vous-
même mes remarques.

Il y a dans cet article 1°. des omiffions très-confiderables. 2°. des fautes contre la verité de l'hiftoire. Les
unes & les autres viennent de ce
qu'on n'a pas eu le foin de confui-
ter les ouvrages de celui dont on
avoit entrepris de parler, & en particulier *la Tyrannomanie étrangere*,
où l'Auteur entre dans le détail de

ce qui le regarde. Je fupplérai aux A. VAL-
omiffions, & je corrigerai les fau- LADIER.
tes, au moins en partie, en fuivant
l'ordre de l'article de *Valladier*, tel
que vous le rapportez, conformément au Memoire qui vous a été envoyé.

1°. Vous le dites *(p. 158.)* né à
Saint-Pal. Valladier marque lui même le lieu de fa naiffance, fans le
nommer neanmoins, lorfqu'il dit
p. 21. de fa *Tyrannomanie*, que le
P. Cotton, Jefuite, étoit de *Montbrifon* en Foreft à trois ou quatre
lieues du lieu où lui-même étoit né.
Refte à examiner fi *Saint-Pal* quadre
avec ce recit. (*Il quadre, puifqu'il eft
fitué à cette diftance de Montbrifon.*)

2°. Vous dites qu'il fit une partie
de fes études à *Lion*. Il dit lui même
p. 29. du même ouvrage, qui fera
toujours mon garant, *qu'il avoit fait
fes premieres études à Billon*, ville
d'Auvergne; & p. 16. parlant du
temps de fa premiere jeuneffe, il dit
qu'il a fait un long fejour à *Avignon*,
*qu'il a cultivé cette ville de fes Poéfies,
de fes lectures, de fes harangues, de fes
predications;* qu'il y a connu particu-

K ij

A. Val-lierement le celebre *Genebrard*, qui
LADIER. n'étoit plus à *Avignon* dès la fin de
1596. au plus tard. En supposant avec
vous *Valladier* né vers 1570. il n'a-
voit pas encore 26 ans, lorsque *Ge-*
nebrard fut contraint de se retirer
d'*Avignon*, où il s'étoit refugié. De
ces 26 ans *Valladier* en avoit passé
une partie à *Billon* pour y faire ses
premieres études; il avoit depuis
cultivé Avignon de ses Poesies, de ses
lectures &c. avant même que d'y connoître *Genebrard*, qui lui donna son
amitié, malgré sa jeunesse, à cause
de la beauté de son esprit;& il est certain que *Valladier* professoit déja les
Humanitez à *Avignon* en 1590. &
qu'il y eut vers le même temps pour
disciple M. *Peiresc*, devenu depuis si
celebre, comme le rapporte *Gassendi*
p. 20. de la vie de ce savant, de l'E-
dition de *Cramoisi. in-4°.* 1641. Dans
quel intervalle voulez vous que *Val-*
ladier ait été faire une partie de ses
études à *Lion*. Aussi dans la descrip-
tion, pour ainsi dire, qu'il nous fait
de ses differentes habitations succes-
sives, & de l'ordre qu'il y a gardé,
~~Lion~~ ne vient il qu'assés tard; car il

paroît qu'il y alla pour la premiere A. VAL-
fois au fortir d'*Avignon*, encore ne LADIER.
fit-il alors qu'y paffer.

3°. Vous ajoutez que fes parens
voyant les progrès qu'il avoit fait
dans fes études, n'épargnerent rien
pour fon éducation, & qu'ils l'en-
voyent à *Paris*, où il fe fit bientôt
connoître, quoique jeune, par des
fermons &c. Il femble, felon ce recit, qu'au fortir de fes études, il
foit venu à *Paris*. Vous avez vû le
contraire. De *Billon* il alla à *Avignon*,
où il fit un long fejour. Il dit lui-
même qu'il y demeura huit ou neuf
ans de fuite. Il n'attendit point qu'il
fût à *Paris* pour prêcher ; il n'auroit
pas exercé le miniftere de la Predi-
cation bien jeune, comme vous le
dites : on le vit dès *Avignon*, fre-
quenter les Chaires, & comme il le
dit lui-même p. 16. & fuiv. prêcher
avec applaudiffement, gagner par fes
difcours & fes Poefies l'affection de
la ville d'*Avignon*, qu'il appelle au
même lieu *fa très-chere Cité*. Aprés
un féjour de huit à neuf ans de fuite
à *Avignon*, il fit bien des courfes
avant que de venir à *Paris*, où l'on

A. VAL-LADIER. le vit au plûtôt en 1606. âge d'environ 36 ans.

Mais 4°. Avant que de le faire sortir d'*Avignon*, trouvez bon que je supplée à une omission considerable, que l'Auteur de cet Article a faite. C'est que *Valladier* a été 23 ans Jesuite, & que l'on n'y dit pas seulement qu'il l'ait été. Je vous renvoye pour la preuve au premier livre & aux suivans de la *Tyrannomanie*. Vous y verrez dès la page 16. qu'il a *conversé à Avignon sous la regle & le drapeau de la Compagnie de Jesus* ; & ailleurs *qu'il sortit de la Societé au mois de Juillet 1608. après y avoir demeuré 23 ans*. Cette omission en a entrainé plusieurs autres, ausquelles le recit suivant va suppléer.

L'estime generale que *Valladier* s'étoit acquise dans *Avignon*, & l'amitié même dont on lui donnoit frequemment des marques exterieures exciterent la jalousie du P. Recteur de la maison où il demeuroit, & l'aigrirent vivement contre lui. *Valladier* y resista pendant quelque temps, & l'affection qu'il avoit pour *Avignon*, & que cette ville

avoit pour lui, l'y retint malgré cette A. Val-
tempeſte ; mais enfin il fallut y ce- LADIER.
der.

Contraint d'abandonner *ſa très-
chere Cité*, il alla à *Lyon*, où il ne
fit preſque que paſſer. De là il ſe ren-
dit à *Moulins*, où il fut envoyé, pour
y *jetter*, dit-il, *les premieres pierres
d'un College*. De *Moulins* il paſſa à
Dijon, où il fit un ſejour aſſés long.
Il y prêcha longtemps à la Sainte
Chapelle, & y eut une conference
avec le Miniſtre *Caſſegrain*, devant
une nombreuſe & reſpectable aſſem-
blée, qui fut témoin de la ſcience
Theologique & de l'éloquence de
Valladier, & de la defaite du Miniſtre Proteſtant.

Je ne ſai combien il demeura à
Dijon, mais il y demeura longtemps;
c'eſt lui même qui le dit, & on doit
l'en croire. Or ce ne fut qu'aprés ce
long ſejour qu'il retourna à *Lyon*, non
pour n'y faire que paſſer, comme la
premiere fois, mais pour y demeurer quelque temps, & y travailler.

Sa premiere occupation fut d'y
compoſer en Latin une Apologie
pour les Jeſuites, où *Expoſtulatio*

A. VAL- *Apologetique pour la défenſe de ces Pe-*
LADIER. *res* (contre le *Cathechiſme des Jeſui-*
tes, & un autre ouvrage intitulé:
Ingenua & vera Oratio &c.) qui fut
imprimée au même lieu chez *Car-*
don avant l'an 1606, puiſque ce fut
en partie, par ce qu'on en trouva la
Latinité belle, que *Henri IV.* le fit
mander vers la fin de 1605. pour venir travailler aux Annales de ſon
Regne. On n'a point parlé de cette
Apologie dans le Catalogue que l'on
a donné des Ouvrages de *Valladier*
à la fin de ſon Article.

Lorſque cet ouvrage, qu'il avoit
entrepris par l'ordre de ſon General,
eut été achevé; maître de ſon temps,
il l'employa, comme il avoit fait
juſqu'alors, à exercer le miniſtere
de la parole, pour lequel il paroît
qu'il avoit beaucoup d'attrait & de
talent pour ſon ſiecle. Il expliqua les
Epitres de *S. Paul*, & prêcha enſuite
Avent & Carême, juſqu'à ce que
Henri IV. eût ordonné au *P. Cotton*
de le faire venir à *Paris*, pour y prêcher dans l'Egliſe de Nôtre-Dame,
& écrire les Annales de ſon Regne,
comme je l'ai deja dit.

Le

Le *P. Cotton*, qui avoit une grande affection pour *Valladier*, & qui avoit eu lieu de connoître ses talens, obéit avec joye aux ordres du Prince; mais un interest particulier en retarda assés longtemps l'exécution. Le Superieur de la Maison, où *Valladier* demeuroit à *Lyon*, comptant lui-même s'avancer à la Cour, vit avec peine que l'on pensoit à un autre. Il supprima les lettres du *P. Cotton*, & *Valladier* n'en eut connoissance que quelque temps après par le moien de l'Archevêque de *Vienne*, & du Président *de Villars*, frere de ce Prelat, à qui le *P. Cotton* avoit écrit pareillement les intentions de *Henri IV*. & qui ignorant ce que le Superieur de *Lyon* avoit fait, firent à *Valladier* quelques reproches, de ce qu'il tardoit si longtemps à repondre aux Lettres du Confesseur du Roy. *Valladier* encore plus Surpris, & se doutant bien que son superieur, dont il avoit penetré les intentions, avoit supprimé ces lettres, l'alla trouver, lui parla avec force, & s'attira par-là une persecution assez vive, qui le conduisit enfin à une

A. VAL-
LADIER.

Tome XX. L

A. VAL-
LADIER.

sortie de la Compagnie : Mais cet
orage ne s'éleva que par degrés. D'a-
bord *Valladier* accablé de chagrin,
& succombant sous le poids de ses
occupations, tomba malade. On jugea qu'il falloit qu'il abandonnât le
travail, & qu'il allât respirer son air
natal. Il le fit, sa santé revint, & il
en donna avis à son Superieur de
Lyon. Mais celui-ci, qui n'étoit pas
fâché de le voir éloigné, loin de
lui accorder la liberté de revenir,
ne lui fit même aucune reponse.

    Valladier s'en consola du mieux
qu'il put, & se retira pour quelque
temps à *Billon*, d'où il alloit prêcher
à *Riom*, à *Clermont*, à *Issoire*, à *Sau-
xillanges*, & ailleurs.

    Le Superieur de *Lyon* profitant de
cette longue absence écrivit au *P.
Richeome*, qui étoit alors Provincial,
que *Valladier* avoit quitté la Compagnie, & qu'il erroit dans l'Auvergne. Le Provincial étonné de cette nouvelle, & ne pouvant la croire
vraie, vient à *Billon*, trouve le contraire de ce qu'on lui a marqué, de-
couvre tout le mystere, & en attendant qu'il puisse faire rendre justice

à son ami, il l'envoye au college du
*Puy, afin qu'il fût plus proche du lieu
de sa naissance.* Cependant le Superieur de *Lyon* prenant les sentimens
qu'il auroit voulu voir dans *Valladier*, contrefait l'écriture de celui-ci,
parle en son nom, & lui fait dire
entr'autres choses, dans une lettre
qu'il feint lui être adressée, qu'il ne
peut plus vivre dans la Societé, &
qu'il s'en retire. Il montre ensuite
cette fausse lettre au P. *Richeome*,
qui la croyant vraie, y fait une reponse assés vive, qu'il envoye à *Valladier* même.

Celui-ci connoissant par-là qu'il
n'étoit pas à la fin des contradictions
qu'on lui preparoit, resolut d'y mettre fin lui-même, en sortant réellement de la Societé. Suivant cette resolution, il vient à *Paris*, voit le
P. *Cotton*, prend ses avis & des re-
commendations, arrive à *Dijon* au
mois de Décembre 1607, en part à
la fin de Fevrier 1608, prend le chemin de *Rome*, où il arrive le second
Dimanche de Carême de la même
année; & sans perdre de temps il va
communiquer son dessein & ses mo-

A. VAL-tifs à fon General *Claude Aquaviva.*
LADIER. Ce Pere l'écoute, defapprouve la
conduite du Superieur de *Lyon*, tâche
de le confoler, veut le retenir dans
la Compagnie, & même à *Rome*, &
le prie de fe charger de continuer
l'Hiftoire de la Societé commencée par
Orlandin.

Valladier confent à demeurer Jefuite, à condition qu'on le renvoye-
roit dans fa Province, & que l'on
puniroit ceux qui l'avoient perfecu-
té. Ces deux propofitions furent exa-
minées dans plufieurs conferences.
La premiere ne trouva pas de grands
obftacles; mais le General n'ayant
pas voulu confentir à la feconde,
Valladier fe pourvut devant le Pape
Paul V. qui renvoya fon affaire devant les Cardinaux *Seraphin*, & *de
Givry*, qui le fervirent felon fes de-
firs. Il eut encore deux autres au-
diences du Pape, qui le reçut toujours avec bonté, & qui l'écoûta
avec attention. Avant la feconde il
lui fit expedier des lettres de Proto-
notaire Apoftolique, & dans la feconde il lui permit, & lui confeilla
même de quitter la Societé.

Valladier demandoit au General des Lettres patentes qui le dechargeassent de tout engagement envers elle. *Paul V.* à qui il fit part de cette demande dans la seconde audience, lui dit de dresser lui-même ces Lettres ; ce qu'il fit. Elles sont fort honorables pour *Valladier*, qui sortit ainsi de la Compagnie de *Jesus* au mois de Juillet 1608. après y avoir été 23 ans, ainsi que je l'ai dit.

Il ne demeura pas longtemps à *Rome* après cette sortie ; car il étoit de retour à *Paris* à la fin de Septembre de la même année, & dès 1609. il y prêcha l'Avent & le Carême dans les meilleures Chaires de cette ville.

Dès le mois d'Octobre 1608. il fut presenté au Roi *Henri IV.* qui lui fit beaucoup d'accueil, & commanda qu'on lui expediât des Lettres de retenue de Predicateur ordinaire du Roy, & en attendant, il voulut que les gages attachés à cette fonction lui fussent payés aussitôt après l'expedition de ses Lettres, qui sont du 26 Octobre 1608. *Valladier* prêta serment le 27 Mai de l'année suivante. Il fut employé en même

L iij

A. VAL- temps fur l'Etat en qualité d'Aumof-
LADIER. nier, titre qui étoit infeparable de
la qualité de Predicateur ordinaire
du Roy.

Vers le même temps le Cardinal
de Givry, qu'il avoit connu à *Rome*,
& qui s'y étoit declaré fon Protec-
teur, revint à *Paris*; & comme il
avoit été nommé à l'Evêché de *Mets*,
pour lequel il fe difpofoit de par-
tir, il jetta les yeux fur *Valladier*
pour en faire fon grand Vicaire, &
en demanda l'agrément au Roi. *Valladier*, pour qui ce parti n'avoit pas
beaucoup d'attrait, & qui auroit
beaucoup mieux aimé s'attacher au
Cardinal *de Joyeufe*, qui d'ailleurs
l'en preffoit fortement, fit naître
plufieurs obftacles, pour empêcher
l'Evêque de *Mets* de réuffir; mais
ce Prelat follicita fi vivement *Henri
IV.* que ce Prince ordonna à *Valladier* de fuivre l'Evêque à *Mets*. Il
fallut donc obeir, & *Valladier* étoit
déja en cette ville en 1609. puifqu'il
y prêcha une Octave du S. Sacrement.

Il revint l'année fuivante à *Paris*,
mais feulement pour y prêcher le Ca-

ième à *S. Paul*, & il nous assure p. A. VAL-
82. de sa *Tyrannomanie*, que *Henri* LADIER.
IV. venoit de le designer pour l'E-
vêché de *Toul*, lorsque ce Prince fut
tué en 1610. *Valladier* fut chargé d'en
prononcer l'Oraison funebre, qui a
été imprimée; on l'a encore oubliée
parmi ses Ouvrages.

L'année suivante il fut fait Chanoine & Primicier, ou Princier (c'est
le terme) de l'Eglise de *Mets*, sur les
instantes demandes que *Louis XIII.*
en fit au Pape : *Valladier* avoit eu
ordre de se trouver au Sacre de ce
Prince; il y avoit assisté en effet, &
il y auroit même prêché, si la foule
de ceux qui étoient dans l'Eglise ne
l'eût empêché de parvenir jusqu'à
la chaire.

Comparez maintenant ce recit,
M. R. P. avec ce que dit l'Auteur de
l'Article, que vous avez inseré dans
vos Memoires. Vous verrez. 1°. Qu'il
n'a pas dit un mot de tout ce que je
viens de dire, & que j'ai tiré des
Ecrits même de *Valladier*. Cependant ces faits & ces circonstances ne
devoient pas s'omettre. 2°. Qu'il faut
abandonner tout ce que l'Article dit

A. VAL- qu'il fit une partie de ses études à
LADIER. *Lyon* ; qu'il vint aussitôt après à *Pa-*
ris ; que ce fut là qu'il commença à
connoître le Cardinal *de Givry* ; que
comme *Valladier* lui étoit fort atta-
ché, il ne put refuser la qualité de
son Vicaire General &c.

Permettez-moi d'examiner maintenant ce qui est dit dans le même
article de la Nomination de *Valladier*
à l'Abbaye de *S. Arnoul* de *Mets*,
& des contestations qu'il eut à essuyer
à cette occasion.

Je conviens avec vous que *Valla-*
dier fut appellé à cette Abbaye par
l'élection des Religieux, faite capitu-
lairement après la mort du dernier
possesseur, *Charles de Senneton*, arrivée le 28 *Juin* 1611. date que l'on a
omise. Je conviens encore que *Louis*
XIII. confirma cette élection par un
Arrêt de son Conseil privé. On pouvoit ajouter que cet Arrêt avoit été
donné le 14 Février 1612. plus de sept
mois après l'élection du nouvel Abbé, parce que *Louis XIII.* fit d'abord
bien des difficultés pour confirmer
cette élection ; mais ces circonstances sont peu considerables, celles

qui fuivent le font davantage.

Cet obftacle levé, dit on, il en furvint un autre. Le Cardinal de *la Rochefoucault* avoit obtenu des Provifions en cour de Rome de l'Abbaye de *S. Arnoul*, &c.

1°. *Valladier* jouit paifiblement de fon Abbaye pendant près de deux ans. 2°. Ce n'étoient point des Provifions de l'Abbaye, que *François de la Rochefoucault* avoit obtenues, mais une penfion de deux mille livres fur cette Abbaye, par une Bulle de *Paul V.* donnée le 5 Novembre 1613. Il eft dit feulement à la fin de cette *Bulle de Referve*, que fi l'Abbé de *S. Arnoul* vient à être privé de l'Abbaye, il fera *loifible* au Cardinal, de prendre *poffeffion réelle, actuelle, & corporelle du regime & adminiftration d'icelle, par lui ou autre en fon nom. Valladier* trouva cette Bulle contraire à fes droits, & il y eut fur cela une confultation des Docteurs, qui declarerent que la penfion étoit nulle. Muni de cette Confultation, *Valladier* forma oppofition pour empêcher l'effet de cette Bulle, & le Cardinal de fon côté fit faifir les

A. VAL-revenus de l'Abbaye. Cette conte-
LADIER. ſtation fut vive & longue. L'Abbé
& les Fermiers ayant preſenté deux
Requêtes, obtinrent enfin une main-
levée de la ſaiſie. » Sur ce intervint
» Arrêt contradictoire avec le Cardi-
» nal, de main-levée des deux tiers
» ſeulement de l'Abbaye, la ſaiſie
» tenant ſur l'autre tiers. Cet Arrêt
» eſt du 5 Decembre 1614.

Peu de temps après le Cardinal
fut débouté entierement de ſes demandes & privé de ſa penſion, ſuivant l'avis des Commiſſaires nom-
més par le Conſeil. Mais au mois
de Janvier 1617. par l'entremiſe du
Cardinal *Ubaldini*, Nonce du Pape,
Valladier conſentit à la penſion aux
conditions ſuivantes. 1°. Que le Cardinal de *la Rochefoucault* dépoſant
toute aigreur deviendroit ſon ami.
2°. Qu'il le quitteroit de tous arrerages, qui alloient à dix mille livres,
& qu'il n'en payeroit que trois mille
en deux payemens. 3°. Qu'il lui ac-
corderoit main-levée pure & ſimple
de la ſaiſie de l'autre tiers des reve-
nus de l'Abbaye. Ces conditions furent acceptées, & en conſequence

il y eut un Arrêt d'Appointé au con-
feil le 30. Janvier 1717.

Cette affaire paroiffoit donc fi-
nie; mais elle ne fut qu'affoupie, &
le Cardinal de *la Rochefoucault* ne
tarda pas à la reveiller. Oubliant fes
promeffes, il voulut obliger *Valla-*
dier à lui payer les dix mille livres
d'arrerages dont il l'avoit quitté pour
trois mille; & cette nouvelle chi-
cane fut fuivie de beaucoup d'autres,
dans lefquelles je ne pretens point
entrer. Voyez le dixieme livre de la
Tyrannomanie étrangere.

Le Cardinal foulevoit tout le
monde contre l'Abbé, & celui-ci
ne tarda pas à fe voir fruftré de fa
penfion de Predicateur ordinaire du
Roi, & du revenu de fon Abbaye,
qui fut faifi de nouveau; hors d'état
de prêcher à *Paris* par les intrigues
de fes ennemis, & quelquefois même en peril de fa vie.

Le Cardinal pouffant même alors
fes vues plus loin, prétendit à la poffeffion entiere de l'Abbaye fous pretexte de regrès, faute de payement
de fa penfion. L'Abbé de *S. Arnoul*
las de ces vexations, crut les faire

A. VAL-finir, en faifant avec l'agrément
LADIER. du Roi une ceffion du Regime &
adminiftration de fon Abbaye au
Pape *Paul V.* en faveur de *Nicolas
François* Prince *de Lorraine*. En con-
fequence le Pape donna à ce Prince
l'Abbaye de *S. Arnoul* en Comman-
de, » pour tenir fa vie durant le
» regime & l'adminiftration dudit
» Monaftere tant au fpirituel qu'au
» temporel; & afin que *Valladier*
» ne fouffrît point de cette ceffion,
» *Paul V.* lui accorde par les mêmes
» Bulles, datées de *Rome* le 13 Sep-
» tembre 1618. le nom, le titre, la
» denomination dudit Monaftere,
» & tous & chacuns les fruits, Droits,
» Decimes, fubventions, émolu-
» mens ordinaires & extraordinaires,
» avec pouvoir de les percevoir li-
» brement fa vie durant par lui ou
» autre en fon nom. En outre la
» pleine, libre, & entiere collation,
» provifion, prefentation, & autre
» quelconque difpofition de tous &
» chacuns les Benefices Ecclefiafti-
» ques, & offices dependans dudit
» Monaftere, avec la totale & entiere
» jurifdiction & authorité tant au

A. VAL-
LADIER.

» spirituel qu'au temporel : enſem-
» ble tous les Privileges , Droits &c.
» tels qu'il en pouvoit jouir avant
» ladite Ceſſion. Ces Bulles ſi avan-
tageuſes & ſi honorables pour *Valladier* ne firent qu'aigrir ſes ennemis
contre lui.

On obtint un decret de priſe de
Corps , avec le quel on alla à *Pont-
amouſſon* , où il s'étoit retiré , pour
ſe ſaiſir de lui : mais en ayant eu avis,
il s'étoit refugié à *Nanci* , d'ou il
alla à *Clairvaux.* Il étoit dans ce
Monaſtere le jour de l'Annonciation
de l'an 1620. & peu après il vint à
Paris , toujours pourſuivi , & ayant
manqué pluſieurs fois d'être arrêté.

Enfin après bien des traverſes &
des perils , il fut rétabli en 1621. &
rendu à ſon Egliſe de *S. Arnoul*, où
il officia pour la premiere fois depuis
ces troubles , le jour de l'Annonciation de cette année. Il pardonna à
ſes ennemis , & en particulier à ceux
des anciens Moines de *S. Arnoul*,
qui avoient été les principaux auteurs
de ſes perſecutions , & ceux-ci donnerent à leur tour le 20 Avril 1622.
un deſaveu formel de la prétendue

A. VAL--procedure criminelle , qui avoit été
LADIER. faite contre lui en leur nom.

Valladier se crut enfin tranquille
& ne le fut pas. Quelques Religieux
dereglés ne cesserent de lui tendre
des pieges, de lui susciter de fâcheu-
ses affaires , & d'attenter même à sa
vie. Je n'ai que faire de vous avertir , M. R. P. que le detail dans lequel je viens d'entrer , est aussi different de ce qui est dit dans l'article ,
que vous avez inseré , que le jour
l'est de la nuit. Il suffit de comparer
l'un avec l'autre pour en être convaincu.

P. 161. Vous tenez un langage encore bien different de celui de *Val-*
ladier. Vous pretendez que ce fut
lui qui appella les Moines de *S. Van-*
ne dans son Abbaye, & il dit le contraire. Il assure que le desir qu'il
avoit toujours eu d'introduire la dis-
cipline reguliere dans son Abbaye,
& qui avoit été le premier pretexte des persecutions ausquelles il
s'étoit vû exposé, le pressant plus
que jamais lors de sa retraite en Lorraine , le Pape lui permit d'agir, par
un bref de l'an 1618. *Valladier* ajoute

qu'il avoit déja traité en 1617. avec
le Prieur de *S. Germain des Prés à*
Paris, qui lui avoit promis de lui
envoyer des Religieux exacts & foumis, mais que les Officiers de M.
de *Vaudemont* firent tant par leurs
follicitations à Rome, qu'ils y in-
troduifirent des Religieux de *S. Van-*
ne. Ce ne fut donc pas *Valladier* qui
les fit venir; ce fut malgré lui qu'ils
furent introduits.

Ces Religieux firent mettre dans
le bref de *Rome* en date du 22 Decembre 1618. la claufe, *motu pro-*
prio, contraire aux libertés de l'E-
glife de France; & deux autres clau-
fes : la 1e. que la Collation de l'Abbaye de *S. Arnoul* demeureroit au
Pape; la 2e. que les anciens Religieux, qui étoient encore fept ou
huit, ne dependroient plus de lui,
mais des Superieurs Lorrains de la
Congregation de *S. Vanne*.

On fit plus; pendant que *Valla-*
dier n'étoit point à *S. Arnoul*, &
qu'il étoit comme captif en Lorraine,
on profita de fon abfence, & de fon
défaut de liberté pour introduire
ces Benedictins au nom de M. de

Vaudemont, qui n'en avoit aucun pouvoir. On établit au même nom un Receveur, un Procureur & un Intendant de l'Abbaye, sans faire mention du veritable possesseur, comme s'il n'eût plus été Abbé. Il y eut encore plusieurs autres circonstances frauduleuses, qui furent cachées à *Valladier*, & dont les nouveaux hôtes profiterent en temps & lieu, comme on peut le voir dans le 15e livre de la *Tyrannomanie* p. 463. & suiv. Cependant cette introduction des Religieux de *S. Vanne* fut confirmée par des lettres patentes de Louis XIII. du 6 Fevrier 1619. avec quelques restrictions par rapport aux clauses contenues dans le Bref du Pape.

Le mois d'Octobre suivant il y eut un Traité passé entre l'Abbé & ces nouveaux Moines. *Valladier* fut neanmoins toujours en dispute avec eux, parce qu'ils chercherent continuellement à empiéter sur ses droits & à se soustraire à sa jurisdiction : & ses anciens ennemis profitant de cette division, on renouvella contre lui les procedures & les calomnies

avec

avec plus de fureur qu'auparavant.
L'affaire portée au Parlement, M.
Servin Avocat General, plaida d'of-
fice en 1620. à la seconde des Enque-
stes, en faveur de *Valladier*, dont il
fit connoître l'innocence. Cependant l'affaire fut appointée au Conseil, & ceux qui l'avoient commencée n'oserent la poursuivre.

Valladier s'est contenté aussi de
faire imprimer un long extrait du
Plaidoyer de M[r]. *Servin* avec l'Arrêt
qui appointe l'affaire au Conseil, &
qui fut rendu le lundi 31 Août 1620.
On trouve l'un & l'autre à la fin de
la *Tyrannomanie étrangere* de l'Edition
de 1626. *in*-40. Vous en citez une
autre *in*-8°. de 1615. je ne doute point
qu'elle n'existe; mais j'ajoute qu'en
1618. *Valladier* donna l'ouvrage suivant, le troisiéme que l'on ait oublié
de mettre dans le Catalogue qui est
à la fin de son article. J'ai parlé des
deux autres plus haut. Celui-ci est
intitulé: *Factum, ou Prolegomenes de
la Tyrannomanie in*-4°. contre *Lazare
de Selve* &c. adressé au Duc d'*Esper-
non* avec un placet à la fin au même,
sans nom de ville ni de Libraire.

Tome XX.   M

A. VAL-
LADIER.

A. Val-
ladier.

Dans le même Catalogue 1°. en parlant du *Labyrinthe Royal* &c. On dit que cet ouvrage ne porte point le nom de *Valladier*, mais que le *P. le Long* le lui donne ; il falloit citer *Valladier* lui-même qui s'en dit auteur p. 16. de sa *Tyrannomanie*. Edit. de 1626. La ville d'*Avignon* l'avoit choisi pour conduire l'entrée de la Reine.

2°. En parlant de la vie de *Sainte Françoise*, que *Valladier* fit imprimer sous le titre de *Speculum* &c. on pouvoit remarquer qu'il fit cet ouvrage à *Rome*, lors de la Canonisation de cette Sainte, sous *Paul V.* mais qu'étant venu peu après à *Paris*, il y fit imprimer cet Ouvrage.

3°. Le titre entier de la Tyrannomanie est : *La Tyrannomanie étrangere : ou Plainte libellé au Roi pour la conservation des SS. Decrets ; des Concordats de France & de la Nation Germanique ; de l'autorité & Majesté du Roi ; des Droits du Royaume ; & des saintes libertés de l'Eglise Gallicane, par M. André Valladier* &c. Ce titre au reste promet beaucoup plus qu'il ne donne, & ceux qui ont mis cet

Ouvrage au rang de ceux qui traitent A. VAL-
des libertés de l'Eglife Gallicane, fe LADIER.
font trompés. Il ne s'y agit prefque
que des conteſtations où *Valladier*
s'eſt trouvé enveloppé, & l'Auteur
n'y traite de nos libertés qu'en paffant, & quelquefois pour fervir de
preuves aux droits qu'on lui difpu-
toit.

Ce 3e Juin 1732.

P. 164. Le *P. Calmet* dans ſon
Hiſtoire de Lorraine tom. 3. p. 746.
met la mort de *Valladier* le 13 Août.

P. 168. L'Hiſtoire Manuscrite ci-
tée à la fin de l'article de *Valladier*,
n'eſt pas feulement une Hiſtoire du
Comté d'*Avignon*; en voici le titre :
Ecclefia Monarchiæque Galliarum naf-
centis hiſtoria, ab antiquitate Avenio-
num repetita. (M. l'Abbé *Goujet.*)

LOUIS COUSIN.

P. 189. M. *Coufin* ne fut pas feu- L. Cou-
lement attaqué par SIN.
l'Abbé *Menage* fur la fterilité de ſon
Mariage, mais encore par l'Abbé
Fraguier, irrité contre lui de ce qu'il

M ij

avoit mal parlé dans les Journaux des Scavans d'un des derniers ouvrages du *P. Bouhours*. Les pieces que l'Abbé *Fraguier* composa à cette occasion sont fort Satyriques; on les trouve dans le Recueil de ses Poesies. *(Id.)*

JEAN DE LABADIE.

J. DE LABADIE. *P.* 386. VOici une seconde Lettre de M. l'Abbé *Goujet*, qui n'est pas moins curieuse que celle que je viens de donner. Le public y perdroit trop, si je voulois n'en rapporter que le precis; ainsi je l'insererai ici toute entiere, de même que la precedente.

Je vous avoue, M. R. P. que j'ai été un peu surpris, qu'aiant eu dessein de donner un article de *Labadie*, vous n'aiez pris pour guide que M. *Basnage*. C'est un Auteur estimable, j'en conviens, & vous avez eu raison de le consulter; mais vous ne deviez pas negliger quatre Auteurs contemporains de *Labadie*, qui ont écrit expressement de ce qui le regarde, & qui s'accordans entre eux, ne conviennent pas toujours avec ce que vous rapportez. Ces quatre Auteurs sont :

1°. *Avis Charitable à M. M. de Geneve touchant la vie du S{.} Jean Labadie, cy-devant Jesuite dans la Province de Guyenne, & après Chanoine à Amiens, puis Janseniste à Paris ; de plus Illuminé & Adamite à Toulouse, & ensuite Carme & Hermite à la Graville au Diocese de Bazas, & à present Ministre audit Geneve. Par Mauduict. A Lyon chez Antoine Offray 1664. in-12. de 30 pages.*

2°. *Lettre du R. P. Antoine Sabré, Prêtre, Religieux Solitaire, écrite au S{.} Labadie, sur le sujet de sa profession de la Religion P. Reformée, imprimée à Bazas par ordre de M{gr.} l'Evêque, & depuis à Paris. in-4°. 1651.*

3°. *Lettre d'un Docteur en Theologie (M. Arnauld) à une personne de condition & de pieté sur le sujet de l'Apostasie du S{.} Jean de Labadie, du 1. Mars 1651. in-4°. sans nom de ville, ni d'Imprimeur.*

4°. *Defense de la pieté & de la foi de la Sainte Eglise Catholique, Apo-*

J. DE *ſtolique & Romaine*, *contre les men-*
LABADIE. *ſonges*, *blaſphêmes & impietés de Jean*
Labadie, *Apoſtat*; *par le S^r. de Saint*
Julien (M. *Hermant*, Chanoine de
Beauvais) *Docteur en Theologie. Pa-*
ris 1651. *in-*4°. Avec approbation
des Docteurs.

Vous auriez pu même ajouter à
ces quatre ouvrages la *Relation tou-*
chant le P. *Jean Labadie au ſujet de*
ſa ſortie de la Societé de Jeſus. à Bour-
deaux &c.

En conſultant toutes ces pieces
vous auriez mieux fait que moi les
Remarques que je prens la liberté de
vous envoyer, & vous en euſſiez fait
un meilleur uſage.

1°. Je ne ſçai ſi ce n'eſt pas un peu
gratuitement que vous avez orné
d'un *de*, le nom de *Labadie*, & que
vous avez fait de ſon pere un Gentil-
homme ordinaire de la Chambre du
Roi & un Gouverneur de *Bourg*. La
pluſpart des Auteurs contemporains,
& de ceux qui ſont venus depuis, ap-
pellent ſimplement le premier *Jean*
Labadie, & à l'egard de l'autre, ils
ſont bien éloignés d'en faire un Gen-
tilhomme ordinaire de la Chambre

du Roi. *François Mauduict*, qui étoit
du Pays de *Labadie*, & qui l'avoit
connu particulierement auffi-bien
que fa famille, dit dans fon *Avis
charitable* p. 8. Que le pere de cet
Apoftat étoit un fimpleSoldat defor-
tune de Gafcogne, qui fut fait Lieutenant dans la Citadelle de *Bourg*,
par Mr. *Tilladet*, qui en étoit alors
Gouverneur ; il ajoute qu'il s'y maria
avec une nommée *Coibot*, fille d'un
bourgeois, bonne Catholique, &
qui mourut agée de 44 ans vers 1660.
Car *Mauduict* écrivoit ceci en Juillet 1662. & il dit que cette femme,
mere de *Labadie*, étoit morte, il y
avoit environ deux ans. Je rapporte
ces circonftances, dit *Mauduict*, parce que je fçai que *Labadie* a la vanité de vouloir paffer pour Gentil-
homme.

2°. Il n'eft pas vrai que les Jefuites l'ayent chaffé de leur Compagnie.
Il y a trop de preuves du contraire
pour hefiter fur un tel fait. *Labadie*
déja vifionnaire à l'excès étant encore
chez les Jefuites, étoit neanmoins fi
peu connu pour ce qu'il étoit, que
fa Societé le regardoit comme un

J. DE prodige d'esprit & de pieté. Mais
LABADIE. pendant qu'il prêchoit devant tout
le monde l'ancienne doctrine des
Apôtres, il cherchoit en secret de
nouveaux Apôtres pour aller avec
eux par le monde *fine pera & fine
baculo*; & il vit en peu de temps
tomber dans le piege qu'il tendoit
un Medecin de *Perigueux*, deux E-
coliers, un Paysan de *Cusagués* avec
sa femme, un Prêtre, & un Cor-
royeur de Limousin, avec quelques
autres.

L'habit de Jesuite ne s'ajustant
pas tout-à-fait avec de si hauts des-
seins, il fit de grandes instances au-
près du General de sa Compagnie,
pour obtenir la permission d'en sortir. Le General en apprit la nouvelle
au P. *Jacquinot*, Provincial de Guien-
ne, & fort affectionné à *Labadie*,
à qui il demanda aussitôt s'il pouvoit croire ce qu'on lui mandoit. *Labadie* en convint, & assura le Provincial, qu'il avoit déja demandé deux
fois sa sortie au General, à cause de
ses indispositions. Le *P. Jacquinot*,
qui vouloit le retenir, lui offrit,
conformement aux intentions du
Gene-

General, le choix des emplois, qui pouvoient avoir le plus de rapport à son humeur & à son inclination ; mais il demeura toujours ferme dans sa resolution.

Cependant il resta encore dans la Compagnie quelque temps, pendant lequel aiant entrepris de mener la vie de *S. Jean-Baptiste*, dont il s'imaginoit avoir l'esprit, il ne voulut plus manger que des herbes, & affoiblit encore plus sa tête par cette conduite. Il tomba même dangereusement malade ; mais aussitôt qu'il eut repris ses forces, il se fit conduire à *Bourg* chez son frere, pour solliciter sa sortie avec plus de liberté. Deux Jesuites allerent envain le trouver pour lui persuader de changer de pensée, il se plaignit de cet empressement de sa Compagnie, comme d'une violence ; il pria un de ses amis de lui dresser une Requête pour la presenter au Parlement, & fit tant par ses frequentes importunités, que les Jesuites lui envoyerent enfin son congé, comme par force. Il est conçu en ces termes : *Barthelemi Jacquinot,*

Tome XX.   N

J. DE
LABADIE.

Provincial de la Compagnie de Jesus dans la Guyenne, à tous ceux &c.

Quoique Jean Labadie, Prêtre, ait vécu dans notre Societé pendant l'espace de quelques années, & qu'il y ait été legitimement promu au Sacerdoce, néanmoins nous certifions, qu'il n'y a fait aucune profession, & qu'à sa requête à cause de son indisposition nous le tenons quitte. & libre de toute obligation envers notre Societé, &c. A Bordeaux ce 17 Avril 1639.

Ce fut ainsi que *Labadie* quitta la Societé de lui-même, & malgré sa Compagnie, où il avoit demeuré 15 ans. Tout cela est amplement confirmé par la relation de sa sortie composée par les Jesuites eux-mêmes, ou par quelqu'un de leurs amis, & qui parut dans ce temps à *Bordeaux.*

3°. Vous ajoutez qu'il vint à *Paris, aussi-tôt après* qu'il fut sorti de chez les Jesuites. Il est certain au contraire, qu'il parcourut auparavant quelques villes de Guyenne, où il tomba malade de nouveau ; qu'ensuite il alla à *Bordeaux,* pour y chercher quelque sorte d'établissement ;

qu'il eut l'honneur d'y voir M^r. J. DE LA-
Gault, pour lors Curé de *Sainte Eu-* BADIE.
lalie, & depuis mort Evêque de
Marseille, en odeur de Sainteté ;
qu'il ne put y être employé, par ce
que le *P. de Chazes*, Supérieur de
la Maison Professe des Jesuites, se de-
clara contre lui dans le Conseil de
l'Archevêque ; mais qu'il ne laissa
pas d'y pratiquer toutes les personnes d'esprit & de pieté qu'il put y
trouver.

Il ne vint donc point à *Paris, aussitôt après* qu'il eut quitté les Jesuites, & quand il y vint, il est difficile de croire qu'il y ait pu s'acque-
rir *l'estime* & l'amitié du *P. de Con-
dren* (qu'on n'a pas du nommer *Gon-
dren*) second General de l'Oratoire,
qui étoit mort dés le 7 Janvier 1641.

Quoiqu'il en soit, *Labadie* étant
enfin venu à *Paris*, y obtint de M.
Froger, Docteur de Sorbonne, &
Curé de *S. Nicolas du Chardonnet*,
la permission d'y prêcher, & il y fut
écouté avec applaudissement. M^r. de
Caumartin, Evêque d'*Amiens*, étant
venu un jour l'entendre, & en ayant
été content, une personne de consi-

J. DE LA-
BADIE.

deration engagea ce Prelat à l'em-
mener chez lui. L'Evêque y consen-
tit, l'envoia à *Amiens*, & lui donna, non un Canonicat de sa Cathedrale, comme on l'a dit, mais une
Prebende dans l'Eglise Collegiale de
S. Nicolas. *Labadie* ne prend pas d'autre titre au frontispice de ses *Odes
sacrées*, dont nous parlerons à la fin
de ces Remarques.

4°. Ce que l'on ajoute que *Labadie* accepta d'autant plus volontiers
ce poste, qu'il se voyoit exposé à
Paris à quelques traverses, pour avoir
debité dans ses Sermons sur la Grace,
la Predestination, la Penitence &c.
les mêmes maximes qui avoient fait
mettre Mr. de *S. Cyran* à *Vincennes*,
auroit besoin de preuves. Car 1°. il
est certain que *Labadie* fut generale-
ment applaudi pendant le peu de
temps qu'il prêcha à *Paris*: tous les
Ecrivains du temps en rendent té-
moignage, & je n'en sçai aucun qui
parle de ces traverses, ausquelles
on prétend qu'il y fut exposé. 2°. Il
est constant que la personne qui
le donna à Monsieur d'*Amiens* étoit
très-affectionnée aux Jesuites, qui

n'avoient pas fur les matieres dont
il s'agit, les mêmes maximes, que
Mr. de *S. Cyran*. 3°. Ce ne furent
point les maximes, dont on parle,
qui furent caufe de l'emprifonne-
ment de l'Abbé de *S. Cyran*, & je
m'étonne qu'on ait pu en apporter
cette raifon, qui ne fut tout au plus
qu'un pretexte.

On fçait que la vraie raifon de la
détention de cet Abbé, fut en premier lieu la crainte que le Cardinal
de *Richelieu* avoit, que ce favant homme n'écrivît au fujet de ce Mariage
celebre, que le Prelat vouloit faire
caffer en faveur de fa Niece ; & en
fecond lieu la retraite de Mr. *le
Maître*, celebre Avocat, qui fuivoit
en tout les avis de Mr. de *S. Cyran*.
On fe plaignit au Cardinal de ce
que cet Abbé avoit arraché un fi
grand homme au Barreau, en ap-
prouvant fes deffeins de retraite, &
on le fit regarder comme un homme fingulier, & entreprenant, dont
il falloit s'affurer. Le Cardinal avoit
connu & eftimé cet Abbé avant fa
grande élevation, mais n'ayant pu
en faire ce qu'il auroit voulu, il con-

J.DE LA- fentit à ce qu'on lui fuggera contre
BADIE.   lui. Voila ce qui fit mettre Mr. de
S. Cyran au Château de *Vincennes*.

5°. Tout ce que l'on impute à *La-*
badie pendant fon fejour à *Amiens* n'a
aucun fondement. Il eft certain au
contraire par les informations, qui
furent faites alors, qu'il parut faire
beaucoup de fruit dans le tribunal
de la Penitence; que tout ce qui
parut à la vue de tout le monde, eft
qu'il infpira à ceux qui fe mettoient
fous fa conduite, un profond refpect
pour l'Euchariftie, & que loin de
blâmer nos ceremonies, il procura
l'erection d'une nouvelle Confrairie
fous l'autorité de fon Evêque. Il choi-
fit *Sainte Marie Magdeleine* pour Pa-
trone de cette Societé, & en dreffa
les Conftitutions, qui furent approu-
vées.

Les intrigues que l'on dit qu'il
eut dans un Monaftere de filles, ne
fe pafferent pas à *Amiens*, mais à *Ab-*
beville, felon *Mauduict*. *Labadie*,
fuivant cet Auteur, y étoit allé faire
une Miffion avec *Dabillon*, Ex-Je-
fuite, comme lui, qui fut dans la
fuite Curé dans l'Ifle de *Magné* en

Saintonge, où il mourut bon Catho- J. DE LA-
lique. *Labadie* logeoit à *Abbeville* BADIE.
fur la Paroiffe de *S. Georges* chez un
Marchand nommé *Du Chefne*; il y
eut d'abord un commerce criminel,
qui éclata, avec une Demoifelle fe-
culiere qu'il feduifit; & enfuite
ayant eu la confiance des Religieufes Bernardines, il en abufa. La Su-
pefieure vigilante ayant decouvert
cette intrigue, en avertit M. l'E-
vêque d'*Amiens*, qui fit examiner les
faits dont *Labadie* étoit accufé, &
aprés des informations exactes, ayant
reconnu la verité de ce qu'on lui
avoit dit, il voulut faire arrêter le
coupable, mais celui-ci fe retira à
Paris fur la fin du mois d'Août 1644.
Il y demeura tout au plus un mois,
& en repartit fur la fin de Septembre pour aller à *Bazas*, avec M.
Drillol, fecond Archidiacre de cette ville, & M. de *la Brouche* fon
neveu.

6°. Je ne fçai pas pourquoi on ne
dit rien de ce qu'il a fait à *Bazas*,
& qu'on le tranfporte auffitôt à *Touloufe*. Il faut fuppléer à cette omif-
fion.

N iiij

Labadie demeura cinq ou six mois à *Bazas* chez Mr. *Drillol*, se faisant appeller Mr. de *Saint-Nicolas*. Pendant ce temps-là il prêcha plusieurs fois en la Cathedrale; & quoiqu'on eût prevenu bien du monde contre lui, il fut fort goûté d'un grand nombre. Messire *Henri Litolphi Maroni*, Prélat d'une très-sainte vie, assista à tous ses Sermons, & n'y trouva rien à reprendre; & afin de n'avoir rien à se reprocher sur le compte de *Labadie*, il écouta tous ceux qui se presenterent pour lui faire des plaintes de sa doctrine; il examina par lui même & fit examiner par d'habiles gens le fondement de ces plaintes, & engagea *Labadie* à lire publiquement en chaire les propositions mauvaises qu'on l'accusoit d'avoir glissées dans ses discours, & de faire sur cela une profession de foi publique.

Labadie n'en fit aucune difficulté; il lut ces Propositions, protesta qu'il ne les avoit jamais enseignées, les condamna ouvertement, & fit sur chacune une profession de foy très-Catholique. On en dressa ensuite un procés verbal, qui fut figné par le J. DE LA Prelat, le Chapitre de fon Eglife, BADIE. les Curés & tout le Clergé de la ville, par les Peres Capucins même & par les Cordeliers qui avoient affifté au Sermon de *Labadie*, par plufieurs de Meffieurs du Prefidial, par tout le corps de Ville, & par un grand nombre de particuliers, gens de condition, & dignes de foi.

Cette juftification fi authentique n'ayant pas empêché que l'on ne répandît encore un memoire où l'on renouvelloit les mêmes accufations, *Labadie* en demanda juftice par une Requête, où il proteftoit encore de fa Catholicité, qu'il prefenta à l'Evêque de *Bazas*, & qui fut répondue le 8 de Janvier 1645.

Mais comme il n'étoit pas réellement dans fon cœur ce qu'il vouloit paroître, il parloit quelquefois à la grille moins catholiquement qu'en Chaire, & abufant de la confiance que quelques Religieufes Urfulines avoient en lui, il infinuoit adroitement dans leur efprit un commencement de ces fauffes fpiritualités qu'il a fait éclater depuis avec tant

J. DE LA BADIE.

d'abomination. Ce qui étant venu à la connoiſſance de Mr. de *Bazas*, il le fit venir au Parloir des Religieuſes, & aprés lui avoir temoigné en leur preſence avec beaucoup de force, combien il étoit mécontent de ce qu'il avoit appris, il fit un diſcours très-ſolide devant lui & devant ces Religieuſes, pour deſabuſer celles-ci des fauſſes maximes que *Labadie* leur avoit debitées.

Le Prelat vouloit auſſi renvoyer celui-ci de ſon Diocéſe, mais une nouvelle tempête, qu'il venoit encore d'exciter contre lui, l'obligea de le retenir pour quelque temps. Cette tempête s'étoit élevée à l'occaſion d'un Sermon que *Labadie* avoit prêché depuis peu à *Bourg*, lieu de ſa naiſſance, au Diocéſe de *Bordeaux*, contre la défenſe de Mr. de *Bazas*, & qui avoit donné lieu à ſes ennemis de faire decréter contre lui par le Parlement de *Bordeaux*, quoique s'agiſſant purement de doctrine, la connoiſſance n'en appartint qu'aux Evêques. Mais Mr. de *Bazas* en retenant encore *Labadie* chez lui, pour conſerver les droits de la Hie-

rarchie que l'on violoit en cette ren- J. DE LA-
contre, l'obligea de defavouer ou BADIE.
de retracter en chaire ce qu'on lui
imputoit d'avoir avancé à *Bourg.*
Voilà ce que *Labadie* fit à *Bazas*,
& qu'il me paroît qu'on ne devoit
pas omettre.

Sorti de cette ville, il alla à *Tou-louſe*, comme on l'a dit, & quelque
temps après ayant appris que Mr. de
Bazas y étoit tombé malade, en re-
venant d'un voyage en Bearn, il demanda pluſieurs fois à le voir ; mais
ce Prélat lui refuſa toujours cette
ſatisfaction, & mourut ſans la lui
accorder le 22 de May 1645.

Labadie ſe dechaîna toujours depuis contre la vie pénitente de ce
Prélat, & celle de Mr. *Marguelin*,
chanoine de *Beauvais*, que Mr. *Litolphi* avoit amené avec lui à *Bazas*;
traitant leurs auſterités de pur Ju-
daiſme. Auſſi ne fut-ce pas par cette
voye qu'il conduiſit les ames qui lui
accorderent leur confiance à *Toulou-
ſe.* Je n'ai rien à ajouter, ni à con-
tredire, paſſez moi ce terme, à ce
que vous en rapportez.

7°. Mr. *De Montchal*, Archevêque

J. DE LA-BADIE. de *Touloufe* aiant été inftruit des abominations de ce fanatique, proceda contre lui, & voulut le faire arrêter. Mais *Labadie* s'enfuit, non pas à *la Graville*, comme on le dit, mais à une lieue de *Touloufe*, chez un nommé *Douvrier*, fon ami, chez qui il demeùra caché affez longtemps. Quand il crut qu'il n'étoit plus pourfuivi, il reparut, & s'en alla à *la Graville*, Hermitage à deux ou trois lieues de *Bazas*, où quelques Carmes s'étoient retirés avec permiffion, pour pratiquer plus à la lettre la regle de *S. Albert*, qui a été faite principalement pour des folitaires. C'étoit vers la fête de la Touffaint de l'an 1649. Il y fut bien reçu par le *P. Blanchard*, Superieur de cette maifon, qui ne le regardoit que comme un homme, qui vouloit fe confacrer à la penitence. *Labadie*, pour être plus inconnu, prit le nom de *Jean de Jefus-Chrift*, & non pas de *St. Jean de Chrift*, comme on le dit ; nous apprenons ce fait de *Labadie* lui-même, qui dans un Cantique compofé en 1639. & lû dans un Sermon prêché fur la fin de De-

cembre 1649. dit que dès 1639. Je- J. de La
sus-Chrift lui avoit commandé de Badie.
prendre ce nom.

> *Va donc fur la terre & fur l'Onde,*
> *Me reprefenter dans le monde*
> *Par la reffemblance d'efprit ;*
> *Pour cet effet parmi mes hommes*
> *Je defire que tu te nommes*
> *Deformais , Jean de Jefus-Chrift.*

8°. J'aurois voulu que vous euf-
fiez ajouté au récit que vous faites de
la conduite de *Labadie* à *la Graville*,
qu'il ne feduifit pas feulement ces
pauvres folitaires ; qu'il fit tomber
auffi dans fes pieges plufieurs de
ceux de l'Hermitage d'*Agen*, &
entre autres le *P. Sabré*, qui en étoit
Superieur. *Labadie* avoit écrit à ces
folitaires avec cet enthoufiafme &
ce ton de Prophete, qu'il favoit
employer, quand il vouloit furpren-
dre les ames. Il leur avoit marqué
entre autres chofes, qu'il defiroit
avec ardeur de les voir, pour leur
donner quelques avis fpirituels, les
conduire dans le chemin de la per-
fection, & les mettre au nombre de

J. DE LA- ses disciples. Il leur promettoit qu'ils
BADIE.   seroient comme les douze Apôtres,
qu'ils en auroient l'esprit, comme
lui-même avoit celui de *J. C.* & de
S. Jean-Baptiste.

Ces bons solitaires, peu éclairés
sans doute, trompés par ces pro-
messes illusoires, vinrent à *la Gra-*
ville, où étant arrivés, *Labadie* souf-
fla sur eux, disant qu'il leur donnoit le S. Esprit, & le pouvoir de le
donner aux autres. Le *P. Sabré*, de
qui l'on tient ces faits, fut un de
ceux que ce Visionnaire avoit seduits,
& qui fut desabusé après les longs
entretiens qu'il eut à cette occasion
avec M. *Samuel Martineau* Evêque
de *Bazas*, successeur de M. *Litolphi*
Maroni.

Ce que vous dites s'être passé
avant l'enlevement des Religieux de
la Graville, n'est pas conforme à ce
qui arriva en effet. L'Evêque de *Ba-*
zas alla deux fois à *la Graville*. La
premiere fois fut le 3ᵉ. de May. Il y
vint accompagné du Lieutenant General de *Bazas* & de ses domesti-
ques. Il remit dans la place de Superieur le *P. Blanchard*, que *Laba-*

die en avoit depouillé de fa propre J. DE LA-
autorité, & lui confia tous les écrits BADIE.
du Vifionnaire, que l'on avoit faifis
entre les mains d'un Novice, qui
effaioit de les jetter par la fenêtre.
Labadie n'étoit déja plus à *la Graville* lors de cette premiere vifite ;
ainfi il n'eft pas vrai que le Superieur
& les Moines lui donnerent le temps
& les moiens de fe fauver. Il s'étoit
retiré dès le 28ᵉ d'Avril, après une
vifite qu'un des grands Vicaires de
Bazas avoit faite à *la Graville*. Il
s'étoit enfui monté fur une Afneffe
avec fon nouvel habit de Carme, &
portant un Crucifix à la main. Il
n'eft pas vrai non plus que le Superieur & les Moines refuferent alors
de parler à Mr. de *Bazas* : ce Prelat
fut reçu au contraire avec la decence
convenable. Mais après fon retour à
Bazas, ces Religieux aiant écrit à
Labadie tout ce qui venoit de fe
paffer, ce Vifionnaire leur ordonna
dans fa reponfe, de retablir le *P.
Sylveftre* dans fa charge de Superieur,
d'enlever tous les Papiers, & de les
mettre en lieu de fcureté. Ces folitaires abufés, trop dociles à ces or-

J. DE LA- dres fanatiques, se mirent en devoir
BADIE.   d'obéir, arracherent par force les
Clefs, dont le *P. Blanchard* étoit
depositaire, & enlevant tous les Papiers, les enfouirent en terre hors de
la Maison.

Le *P. Blanchard* fit avertir de cette
revolte l'Evêque de *Bazas*, qui ac-
courut aussitôt, muni d'un Arrêt du
Parlement de *Bourdeaux*, qui l'au-
torisoit à l'enlevement de tout ce
qui se trouveroit appartenir à *Labadie*, & accompagné du Lieutenant
General, qui l'avoit assisté la premiere fois: Ce fut à ce second voyage
que le Prelat trouva de la resistance
à *la Graville*. Non seulement on re-
fusa de lui parler, il trouva même
toutes les portes fermées, & il fallut monter par-dessus les murs.
Quand les moines sçurent que Mr.
de *Bazas* étoit entré, il se retirerent
dans la Chapelle de leur maison,
& le Frere *Basile* alla seul au-devant
de lui, le Crucifix à la main, la
croix sur l'épaule, & un Nouveau
Testament sur son estomac. Le Prélat fit enlever sept de ces solitaires
opiniâtres, de la maniere dont vous
le

le rapportez ; mais l'enlevement ne J. DE LA-
fut pas general ; & quand ils furent BADIE.
defabufés, ils decouvrirent où étoient
les papiers que le Prélat n'avoit pas
encore entre fes mains.

9°. *Labadie* obligé de fuir encore de *la Graville* fe retira au mois
d'Août 1650. chez M^r. le Comte de
Caftet de Faras, au Château du *Caftet*, où il demeura plus de fix femaines caché fous le nom de M^r. de
Sainte-Marthe. Il y eut de frequentes conferences avec le Miniftre Pro-
teftant du lieu, & le tout aboutit à
aller à *Montauban* faire profeffion
de la Religion P. Reformée, le 16
Octobre 1650.

Le *P. Sabré* & le *P. Sylveftre* en
aiant eu avis lui écrivirent pour l'engager à revenir, & lui envoierent
enfuite parole de feureté de la part
de M^r. de *Bazas*, par un nommé
Jean Gorlier; fans autre condition,
que celle de vivre foumis à l'avenir
aux ordres de l'Eglife, & conformement à la Regle du Monaftere
qu'il avoit abandonné. Ils lui rap-
pellent dans cette Lettre tout ce
qu'il leur avoit dit en faveur de la

J. DE LA-BADIE.

Religion Catholique, & des dogmes qu'elle enseigne, après quoi ils ajoutent : *Nous ne pouvions pas concevoir que vous pussiez jamais étouffer ces sentimens, fermer les yeux à ces lumieres* &c. Ils disent encore, *qu'ils ne peuvent croire, qu'il se soit fait Huguenot, ou que ce soit tout de bon ;* que ce n'étoit pas la premiere fois que l'on avoit fait courir ce bruit, & qu'il avoit déja été obligé de s'en *justifier deux fois par deux longues Lettres* (dont vous ne faites pas mention) qu'il avoit été obligé d'écrire pour dissiper ce bruit. On trouve de longs extraits de l'une de ces Lettres, qui est du mois d'Août 1647. dans la *Lettre d'un Docteur en Theologie* p. 85. & dans la *Défense de la Pieté* &c. p. 88. L'autre Lettre a été inserée dans ce dernier Ouvrage p. 183. & suiv. elle est datée du Vendredi 30 Août 1647. & adressée à M. *le Caron*, celebre Avocat d'*Amiens*. On ne peut parler plus fortement, que *Labadie* le fait dans ces deux Lettres, de nos Mysteres, de celui de l'Eucharistie en particulier, & de l'Eglise Catholique.

Le P. *Sabré* ajoute qu'ils avoient J. DE LA-
vû depuis fa fuite un Journal écrit BADIE.
de fa main, dans lequel il faifoit un
détail circonftancié de tout ce qu'il
avoit fait à *la Graville*, des infpira-
tions qu'il prétendoit y avoir eues
&c. Que ce Journal, qui avoit été
remis entre les mains de M^r. de
Bazas, commençoit par un Cantique fur fa profeffion dans l'ordre des
Carmes, dont il faifoit l'Eloge &c.
Vous ne parlez ni de ce Journal, ni
de ce Cantique. On trouve plufieurs
extraits de celui-ci dans la *Lettre d'un*
Docteur en Theologie p. 25. & fuiv.
& dans la *Défenfe de la pieté* &c. p.
42. & fuiv.

Comme *Labadie* difoit par-tout,
que la profeffion de la Religion P.
Reformée, qu'il venoit de faire à
Montauban, n'étoit que l'exécution
de ce qu'il penfoit depuis 15 ans,
le P. *Sabré* lui rappelle tout ce qu'il
leur avoit dit à *la Graville*, fur la
verité de nos Myfteres, fur la foy
qu'il y avoit toujours eue, les actes
qu'il en avoit faits, en particulier
fur la prefence réelle, fur le facri-
fice de la Meffe, qu'il celebroit tous

J. DE LA- BADIE.

les jours. Il le met en contradiction avec fon Journal, qui étant un livre fecret, eût dû contenir fes fentimens fecrets, au lieu que ceux qui étoient dans ce Journal fe trouvoient conformes avec ce qu'il avoit profeffé exterieurement.

' *Labadie* ne répondit point à cette lettre ; ce qui engagea le *P. Sabré* & le *P. Sylveftre*, après avoir vainement attendu une reponfe pendant deux mois, à decouvrir à l'Evêque de *Bazas* tout ce qu'ils favoient de fecret touchant ce fanatique.

Ces bons folitaires ne furent pas les feuls, qui s'interefferent pour la converfion de *Labadie* ; *François Mauduict*, Auteur de l'*Avis Charitable*, dont nous avons déja parlé plufieurs fois, eut auffi une conference avec lui fur la Religion à *Montauban* le 10 May 1651. dans la maifon de Mr. *de Scorbiac*, Confeiller de la Religion à la Chambre de l'Edit de *Caftres*, en prefence d'un grand nombre de Catholiques & de Proteftans. Mais cette tentative fut inutile. *Mauduict* fit imprimer à *Montauban*, chez *Rouyer*, le recit

de cette conference, à la quelle *La-* J. DE LA-
ladie n'a point répondu.   BADIE.

Le même *Mauduict* convient de
ce que vous rapportez au sujet de
Mademoiselle de *Calonges*, qu'il
nomme *Calongues*, avec cette difference, qu'il prétend que *Labadie*
avoit voulu épouser cette Demoi-
selle, & qu'il l'avoit portée à y con-
sentir, mais que ses parens y mirent
obstacle, & que si le Visionnaire ne
se fût desisté de ses poursuites, il eût
été mal mené. Ce que vous avez appellé *Ciquelers*, il l'appelle *Gigue-
lets*; mais ces differences sont peu
considerables.

10. Le dessein que vous supposez
au *P. de Cort*, que vous n'avez pas
du appeller Mr. *de Cort*, car il étoit
Prêtre de la Congregation de l'O-
ratoire, d'unir les Disciples de *Jan-
senius* avec ceux de Mademoiselle
Bourignon, merite beaucoup plus
d'attention. Le public est en droit
de vous demander sur quelles preuves vous appuiez ce fait: car une
chose de cette nature, qui a été tant
de fois traitée de calomnie, ne devoit pas être avancée que la preuve

J. DE LA- à la main , & je vous crois trop fage
BADIE. pour l'avoir hafardée en l'air. *Bayle*
lui-même de qui vous tirez ce fait,
dit qu'il ne s'en rend pas garant , &
qu'il le rapporte fidellement, tel
qu'il l'a trouvé dans les Ecrits , qu'il
cite , c'eft-à-dire dans la vie d'*Antoinette de Bourignon* compofée par
elle-même , ou dans celle que le
Miniftre *Poiret* a mife à la tête des
ouvrages de cette fille. Je vous renvoye auffi à l'auteur de l'Hiftoire du
Socinianifme (Le *P. Anaftafe* Pic-
puce) qui ne peut être fufpect. Il
parle affés au long au chapitre 43
part. 2e. de fon Hiftoire d'*Antoinette
Bourignon* , & du *P. de Cort* , & il ne
dit pas un mot de cette prétendue
alliance que vous fuppofez que l'on
vouloit faire des difciples de *Janfe-
nius* , avec ceux de Melle *Bourignon* ,
dont les fentimens en effet ont toujours été très-differens. Auffi Mr. *Arnauld* dans une lettre écrite au *P. de
Cort*, (a) ne fait il pas entendre ce que
vous dites ici , quoiqu'il y parle de
cette Ifle de *Norftrand*. Mais pour
approfondir cette matiere, il faudroit

(a) *Tom.* I. p. 219.

une seconde Lettre, & peut-être vous J. DE LA-
ennuyez-vous déja de la longueur de BADIE.
celle-ci.

Il ne me reste plus qu'à ajouter
aux ouvrages de *Labadie* les suivans
que vous avez oublié de mettre dans
le Catalogue qui est à la fin de son
article.

1. *Introduction à la pieté dans les*
Mysteres, paroles, & ceremonies de la
Messe. Amiens, chez Charles de Gouy,
Imprimeur de M. l'Evêque 1640. *La-*
badie y parle en vrai Catholique.

2. *Declaration de sentimens de Jean*
Labadie, ci-devant Prêtre, Predica-
teur & Chanoine d'Amiens, imprimée à *Montauban chez Philippe Bra-*
conier, Imprimeur de l'Academie, &
publiée le 1 Janvier 1651. Si celle
qui est imprimée à *Geneve,* & dont
vous parlez, est la même, c'en est
donc une seconde édition; je ne les
ai point comparées.

3. *Lettre de Labadie à ses amis de*
la Communion Romaine, ensuite de sa
declaration. Elle a été imprimée aussi
en 1651. L'auteur y fait l'Apologie
de la Religion P. Reformée, & s'é-
force de prouver à ceux à qui il l'a-

J. DE LA-
BADIE.

dreſſe, qu'ils ne doivent point être
ſurpris de ſon changement de Religion.

4. *Odes ſacrées ſur le très-adorable*
& auguſte Myſtere du S. Sacrement de
l'Autel. Par Jean de Labadie, Prêtre
& Chanoine de S. Nicolas d'Amiens.
Amiens, chez Gilles Gouy le jeune,
1642.

5. *Reponſes à un Recueil d'articles*
fauſſement imputés à Mr. de Labadie.
Cet écrit eſt cité dans la *Défenſe de*
la Pieté de l'Egliſe Romaine p. 121. où
l'on en donne un extrait.

De Paris le 5 Juin 1732.

P. S. Voici le fait de l'Iſle de *Nord-*
ſtrant en deux mots. Le Duc de *Hol-*
ſtein ayant mis cette Iſle en vente,
le *P. de Cort* & quelques autres l'a-
cheterent. Mais on trouva que c'étoit
une mauvaiſe acquiſition, à cauſe de
l'eau dont elle étoit pleine. Il fallut
la deſſecher, & enſuite on y fit des
établiſſemens. Pluſieurs de ceux qui
étoient connus ſous le nom de Diſci-
ples de *S. Auguſtin*, crurent que ce
pouvoit être un bon emploi pour
leur argent, & que ce pourroit être
même une retraite dans le beſoin.

La

La plufpart laifferent en mourant J. DE LA-
leur part à Port-Royal de Champs. BADIE.
On en fit un rembourfement de la
part du Duc quelques mois avant la
difperfion des Religieufes. Auffitôt
qu'on le fçut à la Cour de France,
on défendit aux Notaires de recevoir aucun Acte touchant cette affaire en faveur des Religieufes, qui
avoient reçu leur rembourfement la
veille de la défenfe. A l'egard du
P. de Cort, il avoit d'abord été uni
aux difciples de *S. Auguftin*; mais il
fe livra dans la fuite abfolument à
Mademoifelle *Bourignon*, qui n'eut
pas lieu d'être bien contente de ceux
qu'on appelloit Janfeniftes. Ainfi
l'union dont on parle, eft chimeri-
que. Voiez pour l'Ifle de *Nordftrant*,
les Factums pour & contre les Heri-
tiers & Parens de M. *Nicole*.

❀❀❀❀❀❀❀❀❀❀❀❀❀❀❀❀❀❀

CHANGEMENS, CORRECTIONS
& Additions.

Pour le Tome dixneuviéme.

HELENE LUCRECE CORNARA
PISCOPIA.

H. L. C. *P.* 27. **E**N parlant du Recueil de
PISCOPIA. Pieces faites à l'honneur
de cette Sçavante, on pouvoit remarquer ce qui suit.

   Cornara Piscopia étant morte, M.
Patin fit prier l'Abbé *Nicaise* par M.
Spon, d'engager M. *Petit* Medecin
& Poete Latin fort celebre, M. de
la Monnoye & M. *Dumai* de *Dijon* à
concourir avec tous les Poetes d'Italie à louer cette Sçavante. Ils le firent,
leurs pieces furent applaudies, &
l'Abbé *Nicaise* y joignit un Quatrain
de sa façon. Il fit imprimer toutes
ces Pieces, les orna des armes & de
la devise de l'Academie des *Ricovrati*
de *Padone*, & les envoya accompagnées d'une lettre Latine à Messieurs

de cette Academie, qui reçurent ce H. L. C. presént avec joye, & par reconnoif- Piscopia. sance accorderent des Patentes d'Aca-demiciens de *Padoue* aux Auteurs de ces Pieces. On recueillit peu de temps après toutes les Pieces des Poe-tes Italiens sur ce sujet (c'est le Re-cueil dont il est parlé ici) mais on n'y insera point celles que l'Abbé *Nicaise* avoit publiées, & sur les plaintes qui en furent faites, on re-pondit qu'on n'avoit eu dessein d'in-ferer dans ce nouveau recueil, que les pieces des Poetes du Pays. Mais il n'est pas difficile de deviner que ces pieces omises effaçant les leurs, on ne jugea pas à propos de les y faire entrer. On apprend ce detail de M. *Nicaise* lui-même dans sa pre-miere Lettre à M. *Carrel*, inserée dans les *Nouvelles de la Republique des Let-tres* d'Octob. 1703. (M. l'Abbé *Goujet*.)

JEAN PIERRE DE VALBON-NAYS.

P. 44. L *Ig.* 13. *p.* 747. *Lisez* 947.   J. P. de
       L *Ib. N°.* 11. Cette Let-   Valbon-
                                     nays.

J. P. DE
VALBON-
NAYS.

tre se trouve dans le 6 vol. des *Me-moires de Litterature* du *P. Desmolets.* p. 149. precedée d'une Lettre du même à M. *Moreau de Mautour*, & suivie d'une Dissertation intitulée : *Recherches concernant Raymond Du-puy*, *deuxiéme Grand Maitre de l'Ordre de Malthe.*

JEAN DE CORDES.

J. DE
CORDES.

P. 73. APrès avoir dit que le Cardinal *Mazarin* acheta la Bibliotheque de ce sçavant vingt-quatre mille livres, on pouvoit ajouter que cette Bibliotheque fut ensuite vendue à l'encan pendant la guerre de Paris; mais qu'elle fut rachetée depuis, & mise avec les autres livres du Cardinal *Mazarin.* (M. l'Abbé *Goujet.*)

P. 75. *Colomiés* dans sa *Bibliotheque choisie* dit encore que M. *de Cordes* avoit fait quelques vers Latins sur la mort de *Henri IV.* que l'on trouve dans un Recueil de Harangues funebres imprimé à *Hanau* en 1613.

HERMAN CONRINGIUS.

P. 285. **H**Enrici Conringii. Lifez   H. Con-
Lig. 15.   *Hermanni.*   RINGIUS.

HUGUES GROTIUS.

P. 368. **A**U fujet des traductions   H. Gro-
Françoifes du Traité de   tius.
la Verité de la Religion Chrétienne de
Grotius je ferai ces remarques.

1. La premiere n'eft pas *in-*12.
mais *in-*18. imprimée chez *Blaeu.*

2. On dit que la 2e eft de l'an
1650. L'exemplaire que j'ai vû étoit
fans date. J'ai dit dans la Preface
de ma traduction qu'elle avoit dû
preceder l'an 1656. étant dediée à
Jerôme Bignon, qui mourut cette année le 7 d'Avril. M. l'Abbé d'*Olivet*
met cette édition en 1644. & la donne à *Mezerai.* Le *Journal Litteraire*
de *la Haye* tom. 15. 2e part. p. 471.
dit que celle que l'Hiftorien de l'A-
cademie donne à *Mezerai*, eft celle
dont M. de *la Mothe-le-Vayer* a re-

H. Gro-
tius. levé la bevuë fur *Phylo Biblius ,* que
ce traducteur traduit par *Philon le*
Libraire. Or c'eſt dans cette ſeconde
traduction de l'Ouvrage de Grotius
in-8°. dediée à *Jerôme Bignon ,* que
ſe trouve cette faute originale. C'eſt
donc la même que celle que M.'
d'Olivet donne à *Mezerai.*

3. On dit que la traduction de
Le Jeune a paru d'abord à *Paris* en
1691. En eſt-on ſûr ? J'ai lû celle
de 1692. à *Utrecht ,* où il n'eſt rien
dit de cette premiere édition; & elle
me paroît trop remplie d'additions
favoriſantes l'Hereſie , pour avoir
été imprimée à *Paris.* A l'egard de
l'édition de cette traduction faite en
1728. elle ne contient pas , comme
on le dit ; les notes des éditions de
le Clerc , & des autres qui ont pre-
cedé celles-ci ; mais ſeulement les
notes de l'Edition de 1692. & une
partie de celles que j'ai données
dans ma traduction imprimée en
1724.

F I N.

TABLE GENERALE

Des Matieres qui ont été traitées par les Auteurs contenus dans les neuf Volumes précedens.

Le chiffre Romain marque le Volume, & le chiffre Arabe la page.

A.

B.

Tome XX. Q

Table generale

Tome XX. R

D.

G.

J.

Tome XX. T

T iiij

M.

N.

O.

P.

X iij

S.

T.

Tome XX. Y

V.

W.

X.

Y.

Z.

Fin de la Table des Matieres.

TABLE

ALPHABETIQUE.

Des Auteurs contenus dans les vingt Volumes de ces Memoires.

Le chiffre Romain marque le Volume, & le chiffre Arabe la page; & lorsqu'il est renfermé entre deux crochets, il désigne les pages de la seconde édition du Volume.

A.

Tome XX.   Z

C.

G.

H.

17

Hot-

I.

K.

L.

M.

N.

Tome XX. B b

Q.

R.

T.

V.

W.

Fin de la Table Alphabetique.

TABLE
NECROLOGIQUE

Des Auteurs contenus dans les neuf
Volumes precedens.

Le chiffre Romain marque le Volume, & le chiffre Arabe la page.

XIII. Siecle.

POlomes. (Martin) m. en 1279.
    XIV.   195
Scot. (Michel) m. en 1291. xv. 95

XV. Siecle.

Persona. (Gobelin) m. après l'an 1418.
  xv.   7
Ambroise Camaldule. m. le 21. Octobre 1439. xix.   1
Biondo. (Flavio) m. le 4. Juin 1463.
  xvi. 274. & xx.   99
Palmieri. (Matthieu) m. en 1475.

XVII. Siecle.

C c ij

Gentilis. [Alberic] m. le 19. Juin
1608. xv. 25. & xx.   81

Titi. [Robert] m. en 1609. XIII.
17

Voſſius. [Gerard] m. le 25. Mars
1609. XIII.   144

Haillan. [Bernard de Girard du] m.
le 23. Novembre 1610. XIV.   209

Bauhin. [Jean] m. en 1613. XVII.
224

Taubman. [Frederic] m. le 24. Mars
1613. XVI. 1. & xx.   94

Regnier. [Mathurin] m. le 22. Octobre 1613. XI. 390. & xx.   33

Caſaubon. [Iſaac] m. le 1. Juillet
1614. XVIII. 118. & xx.   113

Gentilis. [Scipion] m. le 7ᵉ. Août
1616. xv.   33

Pitſeus. [Jean] le 17. Octobre 1616.
xv.   33

Coute. [Diego de] m. le 10. Decembre 1616. XII.   94

Alpini. [Proſper] m. le 5. Fevrier
1617. XI. 176. & xx.   29

Chapeauville. [Jean] m. le 11. Mai
1617. XVII.   92

Paaw. [Pierre] m. le 1. Août 1617.
XII.   176

Stanihurſt. [Richard] m. en 1618.
XVIII.   35

Vayer.

(a) Je ne mets ici cet Auteur, que pour
réformer une faute d'impreffion, qui s'eft
gliffée dans fon article; on l'on à mis qu'il
étoit mort en 1707. faute qui n'a pas été
corrigée dans la Table Necrologique des
Auteurs des dix premiers volumes.

Fin de la Table necrologique.

PRIVILEGE DU ROI.

qualité & condition qu'elles foient, d'en introduire d'impreffion étrangere dans aucun lieu de
notre obeïffance; comme auffi à tous Libraires-
Imprimeurs & autres, d'imprimer, faire imprimer, vendre, faire vendre, débiter, ni contre-
faire lefdits Memoires & Catalogue ci-deffus ex-
pofés, en tout ni en partie, ni d'en faire aucuns
Extraits, fous quelque prétexte que ce foit, d'aug-
mentation, correction, changement de Titre, ou
autrement, fans la permiffion expreffe & par écrit
dud. Expofant où de ceux qui auront droit de lui,
à peine de confifcation des Exemplaires contre-
faits, de trois mille livres d'amende contre chacun
des contrevenans, dont un tiers à Nous, un tiers
à l'Hôtel-Dieu de Paris, l'autre tiers audit Expofant, & de tous dépens, dommages & interêts.
A la charge que ces Préfentes feront enregiftrées
tout au long fur le Regiftre de la Communauté
des Libraires & Imprimeurs de Paris, & ce dans
trois mois de la datte d'icelles, que l'impreffion de
ce Livre fera faite dans notre Royaume & non ailleurs, & que l'Impetrant fe conformera en tout aux
Reglemens de la Librairie & notamment à celui
du 10. Avril 1725. & qu'avant de l'expofer en vente, le manufcrit ou imprimé qui aura fervi de
copie à l'impreffion dudit Livre fera remis dans le
même état où l'Approbation y aura été donnée,
és mains de notre très-cher & feal Chevalier
Garde des Sceaux de France le fieur Fleuriau
d'Armenonville, Commandeur de nos Ordres;
& qu'il en fera remis un exemplaire dans nôtre
Bibliotheque publique, un dans celle de nôtre
Chateau du Loüvre, & un dans celle de nôtre
très-cher & feal Chevalier Garde des Sceaux de
France le Sr Fleuriau d'Armenonville, Commandeur de nos Ordres; le tout à peine de nullité des
Préfentes, du contenu defquelles vous mandons
& enjoignons de faire joüir l'Expofant ou fes
ayans caufe pleinement & paifiblement, fans fouf-
frir qu'il leur foit fait aucun trouble ou empêche-
ment. Voulons que la copie des Prefentes qui
fera imprimée tout au long au commencement
ou à la fin dudit Livre foit tenue pour dûement
fignifiée, & qu'aux copies collationnées par l'un

de nos amez & féaux Conseillers & Secretaires; foi soit ajoûtée comme à l'original. COMMANDONS au premier nôtre Huissier ou Sergent, de faire pour l'execution d'icelles, tous Actes requis & necessaires, sans demander autre permission, & nonobstant clameur de Haro, Charte Normande, & Lettres à ce contraires: CAR tel est notre plaisir. DONNE' à Paris le 28. Novembre l'an de Grace mil sept cens vingt-six, & de notre Regne le douziéme, Par le Roy en son Conseil,

DE S. HILAIRE.

Registré sur le Registre VI. de la Chambre Royale des Libraires & Imprimeurs de Paris, N. 530. F. 421. conformément aux anciens Reglemens confirmez par celui du 28 Fevrier 1723. A Paris le 31 Decembre 1726,

Signé, VINCENT, Adjoint.

De l'Imprimerie de GISSEY.